# 讲好中国故事

## 24堂原创图画书欣赏课

徐鲁 / 著

GUANGXI NORMAL UNIVERSITY PRESS
广西师范大学出版社
·桂林·

讲好中国故事：24 堂原创图画书欣赏课
Jiang Hao Zhongguo Gushi: 24 Tang Yuanchuang Tuhuashu Xinshang Ke

出版统筹：张俊显
编辑顾问：周　英
项目主管：孙才真
策划编辑：柳　漾
责任编辑：陈诗艺
助理编辑：孙才真
责任校对：郭琦波
装帧设计：赵英凯 潘丽芬
责任技编：李春林

图书在版编目（CIP）数据

讲好中国故事：24 堂原创图画书欣赏课 / 徐鲁著. —
桂林：广西师范大学出版社，2019.10
（魔法象. 阅读学园）
ISBN 978-7-5598-1984-0

Ⅰ. ①讲… Ⅱ. ①徐… Ⅲ. ①儿童故事－图画故事－
文学欣赏－中国－当代 Ⅳ. ①I207.8

中国版本图书馆 CIP 数据核字（2019）第 144378 号

广西师范大学出版社出版发行
（广西桂林市五里店路 9 号　邮政编码：541004
网址：http://www.bbtpress.com）
出版人：张艺兵
全国新华书店经销
北京博海升彩色印刷有限公司印刷
(北京市通州区中关村科技园通州园金桥科技产业基地环宇路 6 号　邮政编码：100076)
开本：720 mm × 1 010 mm　1/16
印张：10　　　字数：148 千字
2019 年 10 月第 1 版　　2019 年 10 月第 1 次印刷
定价：49. 80 元

书的奇妙，阅读的美妙，故事和知识的魅力，
也许真的无法仅仅用文字向孩子们描述和展示出来。
而中国的图画书先驱者，
在很早的时候，就已经把原创图画书
送到了智慧、美妙和童趣盎然的出发点上。
这是我们的骄傲和荣耀。
——谨以这本小书，致敬中国原创图画书。

徐鲁

# 目录
CONTENTS

# 引子 | 三百年的美丽与童真

2019年，我将会出版一本儿童文学论集，书名叫《三百年的美丽与童真》。有的读者朋友问我：为什么叫“三百年的美丽与童真”呢？

这是因为，图画书研究界有个说法：捷克儿童教育家扬·阿姆司·夸美纽斯（John Amos Comenius）在1658年出版的《世界图绘》（*Orbis Sensualium Pictus*，又译《图画中见到的世界》，上海书店出版社，2001年7月版），是迄今为止公认的欧洲最早的带插图的儿童书。有的专家还把这本书视为欧洲图画书的鼻祖。如果从这个时候算起，那么图画书至今已有三百多年的历史了。我的书名由此而来。

几年前，在德国美因茨的古腾堡印刷博物馆里，我看见过一本有彩色木刻风格插图的医学故事书 *De Hortus Sanitatis*，书名可译作《健康花园》，1491年首次在小城美因茨印刷出版。这本书融合了中世纪后期苏格兰的一些植物、草药知识和民间传说，不仅一幅幅精美、细腻的图画在讲故事，文字上也具备了图画书的雏形。

例如：“一个男孩在收集蜂巢里的蜂蜜，把自己的脸也弄脏了。”“一些医生在病房里给多名患者会诊。”“如果胎儿不幸死在了妈妈的子宫内，可以将艾叶捣碎，放进子宫内，等到冷却后，死胎就会分娩出。”

我当时就想，这几乎可以说是一本五百年前的“科普图画书”了。

当然，严格意义上的 Picture Book，要到19世纪晚期至20世纪初，才在欧美臻于成熟。一个显著的标志就是，一批专门为小读者创作图画书的插画大师诞生了。这些大师包括沃尔特·克兰（Walter Crane）、凯特·格林纳威（Kate Greenaway）、伦道夫·凯迪克（Randolph Caldecott）、毕翠克丝·波特（Beatrix Potter）、W.W. 丹斯诺（W.W. Denslow）等。他们不仅是世界儿童图画书的先驱和拓荒者，也用各自杰出的作品，创造了早期儿童图画书的一座座高峰。有的作品直接成为后来一代代图画书作家和插画家的精神火种和灵感之源。

例如，英国维多利亚时期最流行的画家、儿童彩色图画书最早的倡导者和实践者沃尔特·克兰，就对19世纪欧洲插画有着深远的影响。他和凯特·格林纳威、伦道夫·凯迪克被誉为19世纪"欧洲插画三大师"。他画的欧洲经典童话故事图画书《小红帽》《睡美人》《灰姑娘》《蓝胡子》等，几乎是欧美每个家庭儿童书房里的必备童书。同时也因为他丰富多彩的艺术实践，例如在石膏浮雕、瓷砖、彩绘玻璃、墙纸、纺织品图案等方面的贡献，他还被誉为欧美"工艺美术运动"的巨擘。

再如，维多利亚时期另一位水彩画巨匠凯特·格林纳威，被誉为英国19世纪"水彩画女神"，也是对后世有着巨大影响力的图画书大师。英国图书馆协会在1955年为纪念她而设立的"凯特·格林纳威奖"，可以说已经成为世界优秀图画书遴选的最高标准。

书比人长寿，生于1846年春天，逝于1901年初冬的凯特·格林纳威，给我们留下了一系列图画书名作，至今仍然熠熠生辉，是世界童书宝库里的一笔珍贵遗产，也是世界图画书经典中的经典。她的图画书题材十分丰富，有享誉欧美的幼童读物经典《鹅妈妈童谣》《农场故事集》《小安娜的故事》，有家喻户晓的童话故事诗《哈默林的花衣吹笛人》《蓝衣小男孩》，也有著名诗人罗伯特·勃朗宁（Robert Browning）的儿童故事诗《珍珠孩子》等。格林纳威的画风优雅清新，出现在她笔下的儿童、少女、妈妈的形象，都是那样亲情怡怡，甜美而温暖；农场里的各种小动物形象栩栩如生、萌态可掬；还有田野上、农舍旁、池塘边、篱笆下的各种植物和花卉，清新绚烂，生机盎然。

格林纳威自己创作的儿童诗集《在窗下》，不仅插画生动细腻，文字也十分温馨明亮，堪称世界上最好的幼童美育图画书和亲子图画书。例如其中像《格蒂的太阳花》《睡前小故事》这样温暖的美德故事，我相信即使在今天，也仍然是每一位年轻父母送给小宝贝的难得的好故事。

伦道夫·凯迪克是与沃尔特·克兰、凯特·格林纳威"三足鼎立"的另一位插画巨擘。美国图书馆学会在1938年设立的、目前世界上最著名的图画书大奖“凯迪克奖”，就以他的名字命名，奖章上镌刻着他最负盛名的图画书人物“骑马的约翰·吉平”的形象。他还是《彼得兔》的作者毕翠克丝·波特的偶像，荷兰的天才画家凡·高（Van Gogh）和高更（Paul Gauguin）也追慕他。我们从比利时当代杰出的图画书作家、《艾特熊和赛娜鼠》系列图画书的作者嘉贝丽·文生（Gabrielle Vincent）的作品里，也能看到凯迪克的影响，作品透露着美好的诗意。

凯迪克的图画书名作有《农夫学骑马》《青蛙先生求婚记》《吉平骑马歌》《三个快活的猎手》等。松居直先生说过，最好的图画书，不仅仅有画面，还一定会有声音。凯迪克的图画书里就有最动听的声音。例如《叮咚叮咚乖宝宝》里的提琴声，《三个快活的猎手》里的号角声，《吉平骑马歌》里的马蹄声，都被他描画得那么准确和逼真，仿佛一翻开书页就能听到它们从远方传来。

那么，中国的图画书鼻祖在哪里呢?

中国是世界上最早创造“图画书”的国度之一。中华民族从远古时代就有用图画记事、用图画说故事的传统，如古代岩壁、陶器和青铜器上的绘画。其实，中国的许多汉字最初就是一幅简单的图画，汉字的“六书”里有一项就是“象形”，用形象（图画）来表达字意。

在秦汉时期的砖瓦和壁画上，我们看到了更多讲述神话故事、历史故事和描绘农耕、狩猎生活场景的叙事性图画，例如著名的汉画像石、汉画像砖。

后来有了“出版”和“书”的概念，中国的书籍随之又有了“无图不成书”“左图右史”之类的说法。中国人自古以来都把书统称为“图书”，也可见图与书一直是如影随形的。

已故散文家和学者黄裳先生写过一本《插图的故事》，对于研究者们追溯和探寻中国图画书的渊源，很有帮助。书中有一篇《养正图解》里说，明太祖朱元璋曾亲自删节过孟子的故事，还让大臣和宫中画师编绘了《农业艰难图》《古孝行图》等文图并茂的图册，供太子兄弟们学习。

这可以说是中国最早的像模像样的图画书了，比欧洲1658年出版的夸美纽斯的儿童书《世界图绘》要早两三百年呢!

湖北省图书馆里有个湖北典籍博物馆，我看到馆内藏有一本也是明代的珍贵典籍、彩色手绘“图画书”《天元直指》，距今也有五百多年了。这是一本数术占卜内容的故事书，因为彩绘图画所使用的颜料采自天然矿物和植物，所以图画的色彩今天看上去仍然十分鲜艳夺目。这本书也有了图画书的雏形。

当然，要讨论中国图画书的诞生、雏形、发展，直至成熟的历史脉络，那是需要一些专门的研究者和研究专著来完成的。

我相信，中国作为最早向世界贡献了雕版印刷技艺的国家，我们拥有过耀人眼目的宋刻之美、元刻之美和明刻、清刻之美，我们的现代出版，我们的原创图画书，理应传承中国版刻的美丽事业，继续引领世界书刊之美的风尚。

我记得松居直先生有过这样的说法：中国的图画书在很早的时候就站在了一个非常好的出发点上。他第一次看到一本来自中国的图画书《萝卜回来了》时，就特别强烈地感受到中国图画书所具有的可能性。遗憾的是，在后来相当长的时间里，中国图画书没有得到应有的重视和长足的发展。他期待中国的图画书创作者和出版人更多地研究外国的图画书，但切忌简单地模仿，这是因为，中国传统中有许多宝贵的、别的国家所没有的东西，在中国美术里可学的东西很多很多。松居直先生其实是在提醒我们，应该坚定我们的文化自信。

好了，说了这么长的开场白，现在回到我们的第一堂欣赏课上来。让我们从一本优秀的中国原创图画书、一本“中国最美的书”开始……

dì　　yī　　táng

# 第一堂

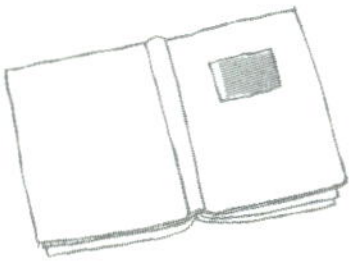

从一本“中国最美的书”
开始

一部富有童趣的图画书。造型简约生动，色彩明快清爽，情节风趣幽默……整本书既有新鲜的时代感，也带有浓厚的东方韵味。

在2017年度“中国最美的书”评选中，有25种图书荣膺“中国最美的书”称号，并将代表中国赴德国莱比锡角逐2018年度“世界最美的书”。其中入选的童书只有两种，而且都是图画书。



一种是杨思帆创作的《错了？》，另一种是画家梁培龙和金波等六位诗人共同创作的《中国绘·诗韵童年系列》。

现在我们先来欣赏杨思帆著文、绘画的《错了？》。

《错了？》

杨思帆 / 著 · 绘
广西师范大学出版社
魔法象童书馆出品
2017年1月版

“中国最美的书”评选委员会对这本图画书的评语是：“一部富有童趣的图画书。造型简约生动，色彩明快清爽，情节风趣幽默。单双页色彩的区分和不同字体的运用有利于内容的陈述。整本书既有新鲜的时代感，也带有浓厚的东方韵味。”

杨思帆是一位年轻的爸爸，也是一位优秀的图画书创作者。他的创作“强项”应该在图画，而不是文字。但是他非常智慧地做到了“扬长避短”，在自己的图画书中尽可能用图画来说话和讲故事，而少用文字，有时候还干脆不用文字。例如他的《奇妙的书》(广西师范大

学出版社 / 魔法象童书馆出品，2017年1月版），就是一本无字图画书。

《错了？》这本图画书的文字很少，全书的文字加在一起也就几十个字吧，而且就是“错了。——不错！——错了。——不错！……总算错了吧？——还不错！——哇，错了错了！——哈哈，这回真错了吧？——呀！——真不错！”这样几个重复的单词和短语。这是我所见到的有文字的原创图画书中，文字量最少的一本。

什么“错了”，什么“不错”呢？

比方说，世界上有八个镜片的眼镜、八条裤腿的游泳裤、一条裤腿的长裤、同时要穿三十多只的鞋子、几乎有一个人的身体那么高的长筒靴子、只有两个手指的手套、好像一条长长的腰带一样长的口罩、好像一条蜿蜒的河流一样长长的蜿蜒的T恤衫吗？

你一听到这样的说法，一定立刻就会断定，这是“错了”。

可是，真的“错了”吗？

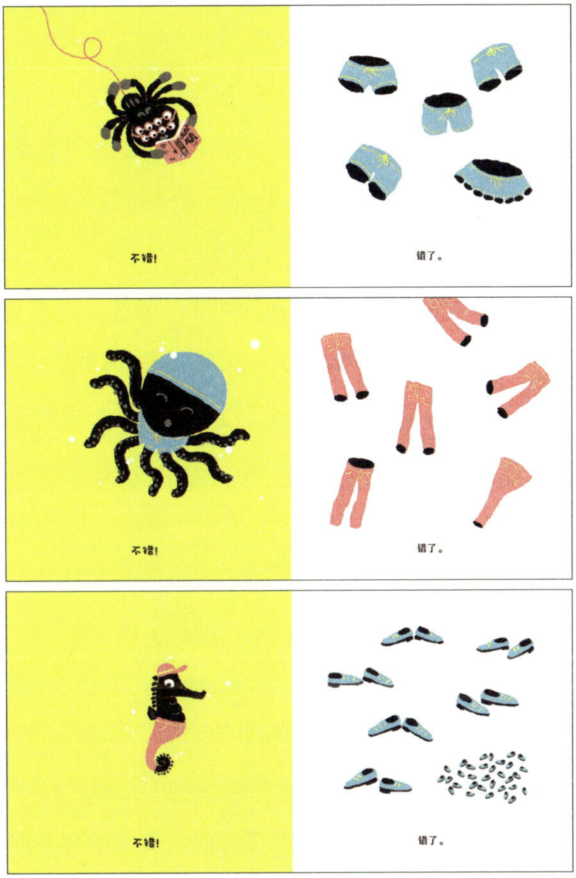


《错了？》内页

如果你仅仅动用惯常的思维方式，或者只是站在“自我”的立场，从“自我”的视角去看待和判断一些事物，去认识你所面对的世界，那只能是你自己“错了”，而那些事物和世界也许是“不错”的。

这本图画书，就用一个个你不得不相信的画面告诉你：真的是你自己的认识和判断“错了”。

你看，一只蜘蛛所戴的眼镜，就有八个镜片；一只八爪鱼所穿的游泳裤，必须有八条裤腿；一只海马所穿的长裤，只有一条裤腿；一只小蜈蚣脚上的小鞋子，就会有三十多只——岂止是三十多只呢，蜈蚣又称“百足虫”，如果全部真实地画出来，那还不得一百只啊？还有，一只大鸵鸟穿的长筒靴子，看上去真的就有一个人的身体那么高；一只螃蟹的两只大钳子上戴的手套，只能有两个手指；一只鳄鱼戴的口罩，可不就像一条长长的腰带一样长吗？

最后，如果你认为那件好像一条蜿蜒的河流一样长长的、蜿蜒的 T 恤衫，是给身子长长的鳄鱼准备的，那你仍然是错的！因为鳄鱼穿上它，四条腿就伸不出来了。不，那不是给鳄鱼准备的，而是给传说中的一条小龙准备的。

所以，图画书最后的一个疑问“哈哈，这回真错了吧?”，结果仍然是“真不错!”

这本图画书适合低幼孩子阅读，也很适合爸爸妈妈和小宝贝们一起阅读。有妈妈写下了这样的阅读感受：“翻页的惊喜引导着孩子自然地猜、迫切地翻，且这样的乐趣并不因猜对猜错、第一次看还是反复看而有多寡之分。尤其是后半部节奏的变化和龙的出现出乎意料，画面中各种细节呼应也让人会心。文字不多，但‘错了——不错——真不错’的表达很有中文语言之妙。”



在一本有趣的图画书中，图画常常是不露声色地引导小读者去猜想和思考的一种巧妙的方式，是一种让小孩子进行纸上推演的艺术匠心。

夸大一点说，这本图画书实际上也揭示了一种哲理：世界上的很多事物，其实并非像我们所看到的表象那么简单，也并不是仅仅凭着我们惯常的思维和已有的认知经验就能做出准确的判断。

世界永远是复杂多变的。要准确和全面地认识世界的真相，做出最清晰、最精准的判断，我们甚至要站在“自我”之外，要敞开更广阔、更具包容性的胸怀。成年人应该这样去修炼自己，小孩子也应该朝着这样的方向去培养。

松居直在《幸福的种子》一书中说过：“好的图画书总会用趣味盎然的方式呈现孩子喜欢的事物，让孩子可以清楚地看见，并且深深地被感动。”《错了？》就是这样一本趣味盎然的优秀图画书。

同样的趣味盎然，也表现在杨思帆的另一本低幼图画书《呀!》里面。《呀!》

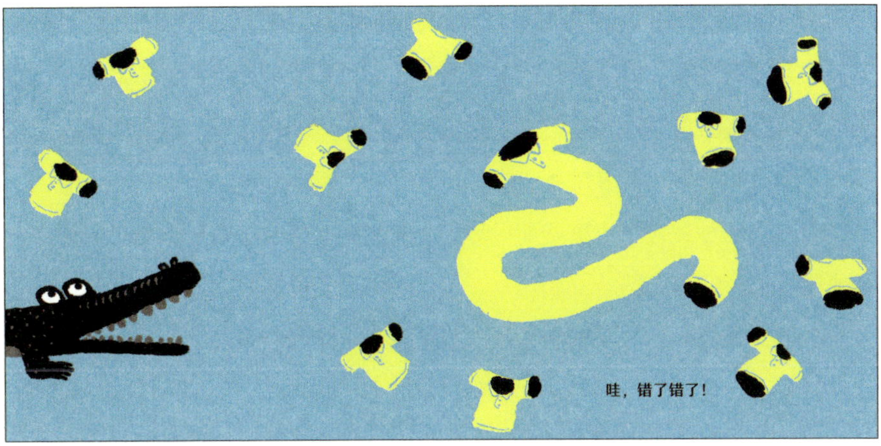

《错了？》内页

已入选2017年第26届布拉迪斯拉发国际插画双年展、2018年博洛尼亚国际童书展主宾国插画展。杨思帆在这本图画书附录的《创作手记》里说："有时候孩子们见到喜欢的东西，比如一大箱玩具，会兴奋地一把抱在怀里。可这么一来就没办法好好走路，常常扑通一声，摔得玩具全掉出来啦。"

他说，这种在每个小孩子那里都可能发生的心理状态和日常生活情景，正是他创作《呀！》的出发点。

于是，我们看到，平常有些可能无法画上等号或联系起来看的东西，一旦联系起来，就会产生十分有趣的喜剧效果。

比如，一只青色毛毛虫说："青豆我爱吃！"结果，"呀！"他发现自己的身体也有点像一颗颗青豆了；

一只浑身带刺的小刺猬说："面条我爱吃！"结果，"呀！"他自己身上的刺也好像变成面条的形状了；

一只小猴说："桃子我爱吃！"结果，"呀！"他吃了桃子后，脸型和屁股更像桃子的形状了；

一条小菜花蛇说："西瓜我爱吃！"结果，"呀！"他发现自己满身斑点，怎么越看越像撒满了西瓜籽儿；



一头大象说："香蕉我爱吃！"结果，"呀！"他发现自己的皮肤跟香蕉一个颜色了；

《呀！》

杨思帆／著·绘
广西师范大学出版社
魔法象童书馆出品
2017年1月版

一只猫头鹰说："橙子我爱吃！"结果，一到夜晚，他的眼睛就变得像两只发光的橙子一样；

一头小猪说："藕片我爱吃！"结果，"呀！"小猪觉得自己的鼻孔变成了藕片上的洞洞；

一头犀牛说："冰激凌我爱吃！"结果，"呀！"他的那只独角，怎么变得像一支冰激凌了；

一只鳄鱼说："啊呜——啊呜——我都爱吃！"结果，"呀，丑八怪来了！"他的样子把所有的动物都吓跑了！

"呀，怎么都跑了？"鳄鱼自己还挺纳闷的。为什么会这样呢？

《呀! 》内页

因为他自己并不知道，也许就是因为太贪心吧，结果所有被他吃过的东西，都变成了身上的一部分，使他看上去就像一个丑八怪了。

阅读这本图画书，我所获得的最大的也是第一个感受，就是幽默、好玩，充满了轻松快乐的游戏精神。小孩子在作者夸张的巧思与创意的引导下，可能一边大笑着，一边就翻完了这本图画书。

《呀！》内页

如果一定要说故事里蕴含着什么“意义”，也许就表现在那只倒霉的鳄鱼身上：他太贪心了！什么都想吃掉和得到。结果，贪心让本来就很吓人的鳄鱼，变得更加吓人了，变成了一个“丑八怪”，把所有的动物都吓跑了！

可见，这本图画书也完全呈现了杨思帆一贯的“彰显游戏精神，蕴含人生体悟”和“风格轻松幽默、简约且有创意”的创作风格。

dì èr táng

# 第二堂

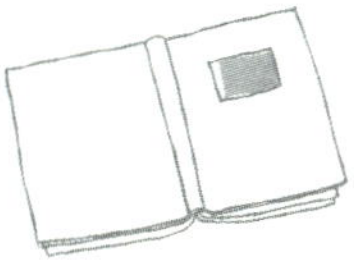

在诗人的挚爱里，
在母语的光芒中

**古老、典雅、抒情的诗体与同样古老、典雅、抒情的插画相遇，数百年的童真与美丽重新散发出了迷人的艺术芬芳。**

近些年来，在全国中小学教师资格考试、全国高等教育自学考试、国家公务员考试的一些练习题中，常常会看到一道有关综合素质的选择题：第一次将十四行诗体引入中国儿童诗创作领域的作家是谁?



这道练习题中提供的选项是：A. 圣野，B. 高洪波，C. 徐鲁，D. 金波。准确的答案是：D. 金波。

十四行诗的故乡在意大利，原本是配有固定曲调的一种民歌体文学形式，就像中国根据固定的词牌而填写的词（长短句）。后来，十四行诗逐渐演变成诗人笔下的一种格律严谨的抒情诗体，并且从意大利流传至欧洲各国，成为欧洲流行一时的格律诗体。

世界上最著名的十四行诗集，有意大利“桂冠诗人”彼得拉克（Francesco Petrarca）的《十四行诗歌集》，英国诗人、戏剧家莎士比亚的《十四行诗集》，英国白朗宁夫人（Elizabeth Barrett Browning）的《葡萄牙人十四行诗集》等。

中国的现代新诗诞生之后，有少数现当代诗人，借鉴了西方十四行诗的句式和格律，用汉语创作了一些优美抒情的十四行诗，如戴望舒、冯至、卞之琳等诗人。

在儿童文学界，金波先生是第一位将十四行诗这种诗体引入儿童诗创作的诗人。他的那本获得过全国优秀儿童文学奖、中宣部“五个一工程”奖的儿童诗集《我们去看海》，就是一部格律严谨的抒情十四行诗集。有评论家说：“这些富有鲜明特色的十四行诗，在与以往儿童诗的世界保持一致的同时，在诗歌语言、体式方面的丰富多样性上，取得了极大的成功，为十四行诗在汉语文化土壤中的生存与拓展奠定了基础。”

在金波创作的十四行诗中，有三首像红宝石一样耀眼、堪称杰作的十四行诗的“组诗”：《献给母亲的花环》《献给爱的花环》《献给树的花环》。出版社的编辑们慧眼识珠，别出心裁，邀请优秀的画家参与创作，把这三个美丽夺目的十四行诗的“花环”，做成了三本美丽的、带有浓郁抒情风格的图画书。

最优秀的原创图画书，一定会让小读者感受到最美的母语文字和最博大的情怀与意境。那么，这三本诗画俱美、妙手天成的图画书，可为最新的例子了。

这三首长诗，每一首都由十四首十四行诗组成。如果你仔细阅读，还会惊奇地发现，每一首长诗的尾声，又是由每一首十四行诗的首句组成。而无论是内容的表达、感情的抒发、韵律的运用，都是那么自然流畅、浑然一体，仿佛往复回环，一气呵成。

这种在形式上衔头接尾的诗，原本也是中国古代诗歌中的一种独特的艺术形式。因为全诗的韵律就像水井上的辘轳架一样旋转而下，所以被形象地命名

《献给母亲的花环》

金波 / 著
邹晓萍 / 绘
明天出版社
2017 年 5 月版

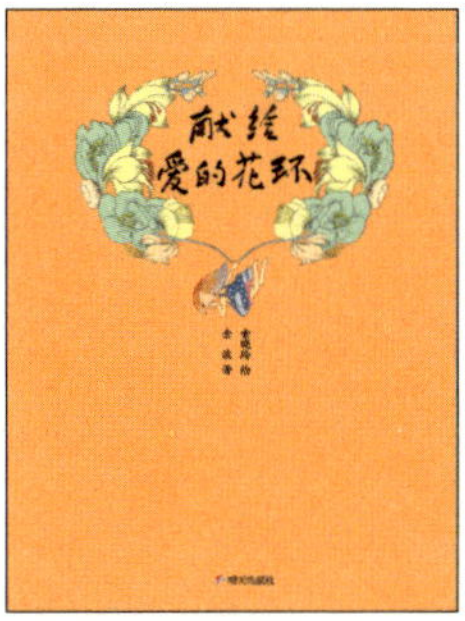


《献给爱的花环》

金波 / 著
索晓玲 / 绘
明天出版社
2017 年 5 月版

《献给树的花环》

金波 / 著
覃敏 / 绘
明天出版社
2017 年 5 月版

为“辘轳体”。

金波先生把西方古老而典雅的十四行诗体与中国古典诗歌中的“辘轳体”完美地融合在一起，创造了一种前所未有的抒情长诗的形式。不能不说，作为一位在艺术上不断探索和创新的诗人，在追寻和攀登更高的艺术表现高度和难度的道路上，他再一次“高空弄险”，把这一手独门秘籍的诗歌语言功夫发挥到了极致，使我们看到了儿童文学中极其少见的文体之美和丰富、神奇的母语之美。

大诗人歌德有一句名言：“巨匠在限制中表现自己。”金波也用这样一句话道出了自己对文字和音韵的敏感：“我的天性中，素来有渴求韵律的愿望。”金波的这三首长诗，正是在一重又一重诸如固定的体式、固定的行数和句式、严谨的格律和韵脚、最后还要衔头接尾等“限制”中，尽情地发挥了他迷恋母语、渴求韵律的天性。所以我说，他的这三首诗，是真正的大匠运斤，显示了一种鬼斧神工般的艺术创造之美。

至于这三首诗所表达的内容、感情和主题，只要我们反复地诵读和吟咏几遍，就不难理解和体会。在抒情诗人的挚爱里，在汉语母语的光芒中，我们将聆听到他与自己最亲爱的母亲、与这个浩大的世界、与美丽的大自然、与四季的风雨和花草树木的娓娓交谈。



《献给母亲的花环》是一首充满了温情与柔情的母爱之歌。对妈妈的忆念和敬爱，对母爱的回味与礼赞，化作了缠绵悱恻、深情款款的感恩诗篇。最细微的童年记忆和体验，也不再仅仅具有个人色彩，而变成了一种人类共同的、足以唤醒所有人的记忆和情感，具有普遍和永恒意味的文学内容。这首诗充满了母爱的温暖，让我们感受到了伟大而无私的母爱情怀。

《献给爱的花环》同样是一首千回百转的、传递着作家内心深处的诸多微妙体验的爱的诗篇。这首诗所吟唱和歌颂的是一种纯洁、真挚、恒久的人间大爱，同时也抒写了诗人在漫长的人生之路上，在追寻崇高和纯洁的爱情的道路上的所忆、所思与所悟。因此，这首爱之歌同时也是一首智慧与哲理之诗，是一首献给生命和命运的心灵之歌。诗人说：“我的诗只能付诸东去的流水……它最知道我的歌应当献给谁。”我们不妨把诗中的这个“谁”，想象成诗人心目中

《献给母亲的花环》内页

的女神的化身、爱情的变体——那是他的生命之光，他的灵魂之火，他心中的永恒的恋人。诗人精心编织的这个意象纷繁、情绪饱满、缠绵悱恻的十四行诗的花环，正是献给生命、献给爱情、献给命运、献给他心中永恒的恋人的。

生机勃勃的大自然，更是金波抒情诗中常见的题材。大自然自身的美丽与和谐，人类对大自然的敬畏之心、爱护之情，人与自然相互依存的关系，大地上的花宴，大森林的风涛，人间四季的风声雨声……总是牵念在诗人的心中，也化作他笔下气象万千、色彩斑斓的文字。《献给树的花环》就是诗人向着美丽的大自然私语的长歌。

“我欣赏每一片树叶的绿色，/ 我思考每一棵大树的生活，/ 我期盼着树荫下和你重逢，/ 我们一起回忆悲伤和快乐。”这首长诗里的每一段、每一行，都像亮晶晶的林中水滴，却又滴水藏海，小中见大，闪烁着澄澈、明亮、丰盈的哲理的光芒。被树叶和花香浸染过的优美的诗的韵律，就像在春天的田野上奔腾的花溪、蜿蜒的小路，一路散发着温润、芬芳的励志精神，把我们引向辽阔和深远的地方。

那么，当诗歌遇到图画，会发生什么呢？诗歌图画书该怎么做？这既考验

《献给爱的花环》内页

着画家，也考验着编辑出版者。这三本图画书的策划者和编辑刘蕾，在编辑手记里对此做了这样的解读和赏析：

“诗歌不像故事类作品，没有完整清晰的故事情节，只有情感和韵律的自然流淌。在反复诵读诗作之后，我们提出了编辑想法：三首长诗均为母题型的大气之作，我们建议以三种画风和三种色调来表现，三本书一起读来是一个和谐中有变化、有对比的整体，每本书独立阅读也能立得住。《献给母亲的花环》是对母爱的颂歌，饱含了浓郁的深情，能够唤起为人儿女的普遍情感，诗作气质与大气典雅的紫色形成了心理上的契合，画家邹晓萍的独特造型与清透水彩功力完美地刻画了诗作之魂。《献给树的花环》不需犹豫地设定为绿色调，在这本书里，树是大自然的代表，也是生命的颜色，年轻画家覃敏的红衣女孩设计成为本书亮点。《献给爱的花环》我个人认为是最难的一本，爱是一个复杂的意象，诗作对它的描写也是扑朔迷离，如何确定它的基调，让人颇费思量。幸运的是，我们遇到了富有想象力和丰富创意能力的画家索晓玲……在无数次商讨与尝试之后确定了橘黄色基调，‘爱的精灵’的设计和大量‘花语’的使用均出自画家的创意。读诗的同时细细读图，橘黄色基调里又充满了丰富的色彩变化，象征着每个人对‘爱’的理解千变万化，各有不同，基调为暖色调的

《献给树的花环》内页

表达，也向读者传递了温暖、明亮又积极的阅读期待。”

古老的十四行诗诞生至今，至少已有八百年的历史了。而由维多利亚时代“欧洲插画三大师”——英国19世纪“水彩画女神”凯特·格林纳威，以及同时代的沃尔特·克兰、伦道夫·凯迪克一起推开的儿童图画书之门，至今也有三百多年的时光了。

古老、典雅、抒情的诗体与同样古老、典雅、抒情的插画相遇，数百年的童真与美丽重新散发出了迷人的艺术芬芳。在诗人的挚爱里，在母语的光芒中，我们看到了中国最美丽的图画书。

dì sān táng

# 第三堂

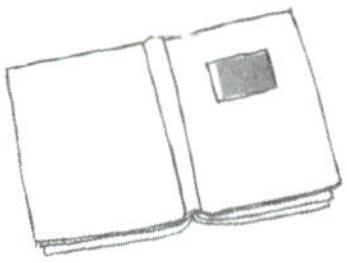

## 小鸡是
## 怎样变成凤凰的

**每一个美好的故事都像一道神奇的光，可以把人从黑暗中、从不幸中拯救出来，在故事中看到和找到某种光明。**

你也许无法想象，一只什么也看不见的小鸡，怎么会变成一只美丽的凤凰？一条什么也看不见的蚯蚓，怎么会变成一条腾空飞翔的金龙？但是，如果你相信童话，相信善与爱的力量，那么，一切就皆有可能。

《小小和泥泥》

葛冰 / 著
〔南非〕皮亚特·格罗布勒 / 绘
中国少年儿童出版社
2017 年 2 月版

《小小和泥泥》给我们讲述了一个善与爱的故事，也是一曲礼赞光明、美好、无私的心灵的颂歌。

小小是一只从小就失明的小鸡。她就像安徒生童话里那只孤独的丑小鸭，受到了其他小鸡的嘲笑和奚落。

可是，一条同样什么也看不见的蚯蚓泥泥，却向她发出了轻轻的、温暖的召唤："到这边来。"

他们很快成了好朋友。

善良的泥泥引导小小一点一点地认识这个世界，帮助小小从心里生出对生活的信心、对世界的向往：花是香香的，草是嫩嫩的，太阳是暖暖的，月亮是凉凉的……

泥泥还给小小讲述了一个龙怎样失去了眼睛的故事——其实就是泥泥自己的故事。

感人的故事就像一道明亮的光，照耀和温暖着小小的心，让小小不断成长。

《小小和泥泥》内页

有一天，小小意外遇到了蘑菇人，获得了一个宝贵的重见光明的机会。是啊，这个机会对任何一个失明的生命来说，都是无比宝贵的！你看，小小拿着珠子的手哆嗦着，心也在颤抖。她深知，一旦拥有了神奇的珠子，她就会看到花、草、太阳、月亮，看到整个美丽的世界……

然而最终，她却毫不犹豫地把那两颗珠子放进了泥泥的眼眶里。

蚯蚓泥泥获得了宝贵的光明，随着炫目的亮光和轰隆隆的巨响，重新变成了一条闪闪发亮的金龙。小小用无私的善举，帮助泥泥找回了他一直在寻找的光明，恢复了真身。

按说，故事到这里已经比较圆满了。

但是，这还不是这个故事的结局。

接着，出人意料的是，金龙眼里流出了感恩的泪水：“谢谢你，小小。”当他俯下身去轻轻捧起小小时，晶莹的泪珠正好落进小小的眼里。

这时候，小小的眼睛也闪烁出了美丽的光芒，她也能看见东西了！在明亮的光芒中，小小的羽毛闪烁着五彩的光，她变成了一只无比美丽的凤凰……

每一个美好的故事都像一道神奇的光，可以把人从黑暗中、从不幸中拯救出来，在故事中看到和找到某种光明。

我相信，你一定也从这个故事里看到和找到了这种光明。这是美好和崇高的人性之光，是善与爱，是无私的美德之光。

小小和泥泥都获得了光明，获得了让生命飞扬的天空。

而这生命的天空是从一颗善良、无私和明亮的心开始的。

故事的结尾是："谁也不知道小小和泥泥的下落……但在黎明时分，早起的人们不止一次见过：天空中腾飞着一条金龙，一只美丽的凤凰环绕着金龙，翩翩起舞……"

这是一个富有象征意味的结尾。

中国是"龙的故乡"，中华民族被誉为"龙的传人"。金龙和凤凰从来就是中华民族传统的崇拜对象，象征着中华民族数千年来尊崇和追求的美好、祥和、善良的品德。

《小小和泥泥》是一个散发着中华民族传统美德芬芳的中国故事，呈现了中华民族善良无私、追求光明和幸福的美好情怀，也向小读者们传递了明亮向上的价值观。

dì sì táng

# 第四堂

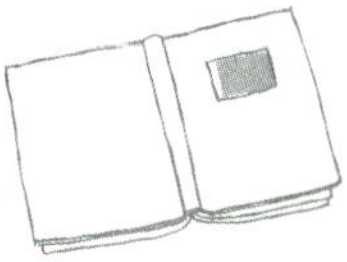

书的奇妙，
也许无法用文字描述

能够托载起所有人的梦想，在茫茫无际的宇宙中自由遨游的东西，只有书！书中的知识，书中的故事，书中的智慧和想象……

世界上有许许多多的图画书，是以“书”“故事”“阅读”“知识”为主题的。如果开列成书单，那会是很长很长的一份。例如：

《为爱朗读》，〔韩〕金仁子／著，〔韩〕李真希／绘，薛舟／译，广西师范大学出版社／魔法象童书馆出品，2015年4月版

《最想做的事》，〔美〕玛莉·布雷比／著，〔美〕克里斯·K·索恩皮／绘，梅子涵／译，长江少年儿童出版社／海豚传媒出品，2018年6月版

《小读者》，〔美〕埃米·赫斯特／著，〔美〕萝伦·卡斯提罗／绘，周英／译，广西师范大学出版社／魔法象童书馆出品，2017年4月版

《给布鲁诺的书》，〔德〕尼古拉斯·海德巴赫／著·绘，喻之晓／译，广西师范大学出版社／魔法象童书馆出品，2016年3月版

《和爸爸一起读书》，〔美〕理查德·乔根森／著，〔美〕瓦伦·汉

森／绘，王志庚／译，广西师范大学出版社／魔法象童书馆出品，2016年4月版

《爸爸，快睡吧！》，〔韩〕金向寿／著，〔韩〕金完镇／绘，薛舟／译，广西师范大学出版社／魔法象童书馆出品，2016年5月版

《我讨厌读书！》，〔美〕莉塔·马歇尔／著，〔美〕艾蒂安·德拉瑟／绘，李媛媛／译，明天出版社，2011年10月版

《我还是讨厌读书！》，〔美〕莉塔·马歇尔／著，〔美〕艾蒂安·德拉瑟／绘，李媛媛／译，明天出版社，2012年12月版

《谁怕大坏书？》，〔英〕罗伦·乔尔德／著·绘，萧萍／译，上海人民美术出版社／海豚传媒出品，2008年4月版

《爱听故事的大熊》，〔美〕丹尼斯·海士黎／著，〔美〕吉姆·拉玛奇／绘，姚媛／译，湖北美术出版社／海豚传媒出品，2010年5月版

《小魔怪要上学》，〔法〕玛丽·阿涅丝·高德哈／著，〔法〕大卫·派金斯／绘，李英华／译，上海文化出版社／海豚传媒出品，2018年1月版

《鸟有翅膀，孩子有书》，〔法〕阿兰·塞尔／著，〔法〕吕西尔·普拉桑／绘，匙河／译，广西师范大学出版社／魔法象童书馆出品，2016年4月版

《摩尔小姐：儿童图书馆的推动者》，〔美〕简·宾波洛夫／著，〔美〕黛比·阿特韦尔／绘，王志庚／译，广西师范大学出版社／魔法象童书馆出品，2017年8月版

《我喜欢书》，〔英〕安东尼·布朗／著·绘，余治莹／译，河北教育出版社／启发文化出品，2017年9月版

《爱书人黄茉莉》，〔美〕莎拉·史都华／著，〔美〕大卫·司摩／绘，柯倩华／译，远流出版社，2001年4月版

《神秘的作家》，〔美〕丹尼尔·柯尔克／著·绘，林晓燕／译，中国少年儿童出版社，2013年7月版

《图书馆狮子》，〔美〕索歇尔·努森／著，〔美〕凯文·霍克斯／绘，周逸芬／译，河北少年儿童出版社／和英童书出品，2011年5月版

《吃书的狐狸》，〔德〕弗朗齐斯卡·比尔曼／著·绘，王从兵／译，北京科学技术出版社，2012年6月版

《吃书的孩子》，〔英〕奥利弗·杰夫斯／著·绘，杨玲玲、彭懿／译，接力出版社，2014年5月版

《书中书》，〔瑞士〕约克·米勒／著·绘，赖雅静／译，河北教育出版社／启发文化出品，2011年4月版

《神奇飞书》，〔美〕威廉·乔伊斯／著，〔美〕威廉·乔伊斯、乔·布鲁姆／绘，王林／译，云南出版集团公司 晨光出版社／禹田文化·暖房子绘本馆出品

《你跑错书了！》，〔澳〕尼克·布兰德／著·绘，方素珍／译，长江少年儿童出版社／心喜阅童书出品，2017年10月版

《这是一本书》，〔美〕莱恩·史密斯／著·绘，陈科慧／译，二十一世纪出版社／麦克米伦世纪出品，2012年5月版

《米爷爷学认字》，〔美〕乔·艾伦·波嘉／著，〔美〕罗拉·费南迪、瑞克·杰克森／绘，宋佩／译，二十一世纪出版社，2011年4月版

……

这份书单如果继续开下去，真的还可以开列很长很长……

只不过，这里开列的都是外国的图画书。由此可见，如何引导小孩子热爱书、热爱阅读，让他们爱上图书馆、喜欢听故事、喜欢读童话和诗歌、喜欢上学，是外国许多图画书作家都热衷于探讨和创作的一个主题。

那么，这一堂课，我们来欣赏中国原创图画书中的一本同样以书和阅读为主题的作品:《奇妙的书》。

《奇妙的书》甫一问世，就荣获了2017年德国国际青少年图书馆“白乌鸦

《奇妙的书》

杨思帆 / 著 · 绘
广西师范大学出版社
魔法象童书馆出品
2017 年 1 月版

奖”、2017年日本插画大奖佳作奖等多个奖项。这本图画书的作者大家也已经很熟悉了，就是我们在第一堂课上欣赏过的，荣获2017年度“中国最美的书”的《错了?》的作者杨思帆。

我觉得，在中国年轻一代图画书作家阵容里，杨思帆可能是最富于创意才华和儿童游戏精神，并且最具“国际范儿”的一位。

他擅长极简主义的创作风格，善于化繁为简、举重若轻，能够把比较复杂和深刻的东西，用最简约的文字和最简单的图画表现出来，不仅使单纯的儿童能看懂，也能把已经被庸凡的生活折腾得有些油腻的成年人吸引过来。

《奇妙的书》，就是要告诉读者，书有多么奇妙；读书是多么好、多么奇妙和幸福的事!

可是，怎么来告诉呢？用文字来描述吗？

古今中外，已经有多少名人、作家，用各种各样的文字描述过、谈论过不知道多少次了！那些关于书、关于阅读的名言名句和经典故事，也可以车载斗量了！仅仅看我前面列举的那些关于书和阅读的图画书，就可见一斑。

杨思帆的创作“强项”是图画。那么很好，他就选择用图画来描述，而把文字彻底舍弃了，一个字也不要。

于是，他献给小读者的《奇妙的书》，就成了一本无字图画书。

是的，书的奇妙，阅读的美妙，故事和知识的魅力，也许真的无法用文字来描述!

那么，仅仅用图画，怎么来展现书的奇妙呢？

一打开这本书，我们就看到，当一个小女孩打开一本厚厚的大书，安静地阅读的时候，有那么多小伙伴被她和书吸引了过来。长颈鹿、鸵鸟、小老鼠、大象、小企鹅，甚至还有鳄鱼和蜗牛。

还不仅是这些小动物呢。仔细一看，被吸引到书本跟前的，还有小鸟、公

《奇妙的书》内页

鸡、乌龟、秃鹫、蛇、小虫子。

也就是说，世界上没有谁是不喜欢读书的；书，还可以化解所有的争斗，让大家都安静地、友好地聚集在一起。

读书，真是一件无比奇妙的事！我们接着看到：

鳄鱼、长颈鹿都从书中汲取到了营养；

书给叫声十分难听的秃鹫送来了音乐的享受；

有了奇妙的书，再也没有谁会说鸵鸟喜欢把头埋进沙子里了，一只爱读书的鸵鸟，更喜欢把头埋进美妙的书里，哪怕鳄鱼来了它也不怕，因为，鳄鱼也会被奇妙的书吸引住；

读书，能让一条大蛇变得十分温顺、友好，甚至会去帮助一只小老鼠；

读书，会给一向十分胆小的兔子带来智慧和胆量，即使面对恶狼，也不会害怕了；

读书，会给小企鹅带来无限的力量，敢与身体庞大的海象玩跷跷板；

读书，也让大象和小象的生活变得优雅起来，不再直接用鼻子喝水了，而是端着杯子，优雅地喝着茶或咖啡；



读书，也让一向名声不太好的狐狸改变了许多，狐狸变成"绅士"了。你看，狐狸是在自觉地引领着鸡群向知识迈进吧？书好像把狐狸变成了"阅读点灯人"；

书也在滋润着小蜗牛们的生活，给它们带来幸福和快乐；

书也给小乌龟带来了乘风破浪的勇气、智慧和力量，使它敢于像巨鲸们一样，在知识的海洋里遨游；

书还能给小小的虫子插上梦想的翅膀，让它像鸟儿一样在夜空飞翔……

是的，能够托载起所有人的梦想，在茫茫无际的宇宙中自由遨游的东西，只有书！书中的知识，书中的故事，书中的智慧和想象……

这就是书的奇妙、阅读的美妙、故事和知识的魅力。

杨思帆的这本书是"献给所有爱书人"的，也是献给自己的女儿的。他说："如果日后她能成为一个爱书的人，那么空虚将远离她，书会带她跨越时间、空间，在记忆和想象的世界自由翱翔……还有什么比书更奇妙？"

这也让我想到了美国女诗人艾米莉·狄金森（Emily Dickinson）经常被人引用的几行著名诗句："没有任何大船，能像书本一样，载着我们远航；没有任何骏马，能像一页页奔腾的诗行，把我们带向远方。"

dì wǔ táng

# 第五堂

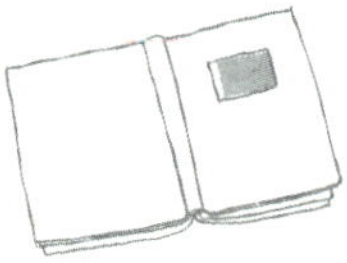

将来有一天，
你会乘风破浪

**引导孩子走出狭小、封闭的成长空间，让一颗颗蓬勃、鲜活的童心沐风于野，充分地享受舒展、明亮、恣意、健康的童年。**

很多年以前，一位美丽的女教师教我学会了一首英文歌《将来会怎样》。多少年过去了，我一直没有忘记，有时候还在心里哼唱起来。歌词翻译出来是这样的：

当我还是一个小姑娘，
我问我的妈妈：将来会怎样？
我会快乐吗？我会富有吗？
妈妈这样回答我：
无论将来怎么样，我们都无法预想，
将来是怎样就怎样。

所有的孩子都会好奇并且去想象将来会怎样。可是，如何用一种智慧的方式向单纯和好奇的孩子描述未知的将来，而不是用那些陈旧的、说教的方式去灌输空洞的理想，这无论对儿童文学作家，还是对儿童教育工作者来说，都是一个不小的难题。

刘奔创作文字、李卓颖绘画的图画书《将来有一天》，是一本生动、亲切

《将来有一天》

刘奔 / 著
李卓颖 / 绘
广西师范大学出版社
魔法象童书馆出品
2018 年 11 月版

和引人入胜的给小孩子讲述将来的书。

这本图画书并不是在讲述哪一个孩子的故事，书中的主人公“你”可以是生活在当下的任何一个小孩，无论是小男孩还是小女孩。书中的文字和图画，都是从每一个小孩日常生活中最细小、最常见、几乎每天都在发生的生活细节入手，引导孩子去想象和感知自己的“将来有一天”。

例如：起风了，你喜欢——在田野里奔跑，呼啦啦，手里的风车不停旋转，将来有一天，你就开着大大的飞机，呼啸着飞上湛蓝的天空；下雨了，你喜欢——高高举着伞，蹦蹦跳跳，踩过一个一个小水洼，将来有一天，你就操纵降落伞，经过一朵一朵柔软的云；下雪了，你喜欢——把一块一块的积木搭起来，城堡、高楼和大桥，将来有一天，你在纸上画下的一切，变成人们生活的乐园……

《将来有一天》内页

又如：星光亮闪闪，你喜欢——让小伙伴们一排排坐好，要努力保持身体健康，将来有一天，你就聚精会神，在没有影子的灯下，救治生命；春天的草木蓬勃，你喜欢——骑一根柳条，嘚儿驾，嘚儿驾，将来有一天，你跨上高大的马儿，在赛场上飞奔，向终点出发；风吹树叶沙沙响，你喜欢——仰着脸和鸟儿对话，将来有一天，你会乘着它们的翅膀，抵达任何一片美丽的森林；小溪向前流动，你喜欢——把一只绿色的叶子船，轻轻推进水里，将来有一天，你乘风破浪在海上，海豚都为你护航……

从孩子日常生活中的一举一动，到一个小小的儿童游戏；从春夏秋冬的季节变化，到孩子平时所能接触的人际关系……简洁的文字和富有童趣的图画互相辉映，给孩子照亮了一条条通往“将来”的小路。

因为有了这么多生动可感、童趣丰盈的细节讲述，图画书最后的几行句子，也就如水到渠成、瓜熟蒂落，格外令人信服：

**现在，我一点点长大，**
**我们一定会快乐地遇上。**

最弱小的花蕾，也渴望盛开。含苞未放，不一定是故意要错过季节，也许只因为心中还有所期待。

很多年前，有一位九岁的小女孩奥荻娜·巴特娜，在她的祖国菲律宾的一间小房子里写了一首小诗：“我是一个小小的声音，我有一个小小的梦想，让鲜花的芬芳，在洁净的空气中飘荡……”

没过多久，她的这首小诗就传到了联合国教科文组织，她的声音因此也穿过了广阔的太平洋和大西洋，回荡在全世界的上空。

文学巨人高尔基也说过：“地球是属于孩子们的，我们会衰老、死去；而他们正像新的光辉火焰一样燃烧着。正是他们使生活创造的火焰永不熄灭。因此我说，儿童是永生的……”

儿童的生命充满了无限

《将来有一天》内页

的可能，他们身上寄托着未来的一切。《将来有一天》用一个个生动、直观的形象，向孩子们展示了“你”的未来的无限可能，让孩子直接看到和感受到了自己幼小的生命所拥有的光亮与美丽，从而获得成长的自信、勇气和力量。

毫无疑问，这是一种极富智慧含量和感情温度，润物细无声的“励志教育”与“理想教育”。读完这本图画书，我立刻想到了诗人朗费罗（Henry Wadsworth Longfellow）在他那首名诗《可能性》中写到的“儿童成长观”：

**世界上也许有一个想象中的孩子，**
**他从未受过教育，毕业于田野和街巷，**
**但他也许会成为一位艺术家，**
**或成为一名海军军官，在思想的大海上远航。**

这个“想象中的孩子”，不就是这本图画书中的“你”吗？

孩子的生命，像洁白的雪地一样单纯，又像天上的星云一样充满无限的变化和可能。所以，作为父母，作为老师，作为给孩子们“打精神底子”的童书作家，如何引导孩子走出狭小、封闭的成长空间，让一颗颗蓬勃、鲜活的童心沐风于野，充分地享受舒展、明亮、恣意、健康的童年，是一个极其重要，而往往又相当困难的课题。

《将来有一天》在这方面给我们提供了一个精彩的文本。

dì liù táng

# 第六堂

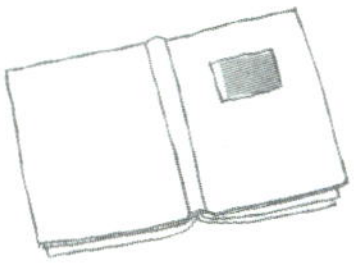

让孩子看到
静美的文字和意境

我们在惊讶、感叹、领略了大自然怀抱中万物之美的同时，也不能不对大自然母亲满怀感恩和敬意！

世界上有一类杰出的图画书，并不以故事性见长，却能给读者带来大气象、大智慧和大感动。比如英国作家汤姆·波尔（Tom Pow）和澳大利亚插画家罗伯特·英潘（Robert Ingpen）合作的那本《世界为谁存在》。



波尔47岁那年到非洲旅行，当他站在非洲大地上，举目所见全是那些在草原上奔驰、在林间跃动、在水中栖息的，与人类一样有着鲜活生命的狮子、斑马、鸟禽、昆虫和鱼。这让他情不自禁地发出了这样的感叹："世界为谁存在？"

波尔借故事里的狮子爸爸之口说："这个世界有那么多绿油油的草原，让你奔跑跳跃；每一只斑马、羚羊和大象，帮助你茁壮成长；每一块耸立平滑的岩石，让你享受阳光。你应该相信，世界为你存在！"

《好像》

秦文君 / 著
刘洵 / 绘
明天出版社
2015年12月版

秦文君和插画家刘洵合作的抒情图画书《好像》，便是一本可与《世界为谁存在》相媲美的、散发着大自然的智慧之光与诗意芬芳的"哲学图画书"。创作者并没有给读者讲述一个具体的故事，

《好像》内页

但是，每一节文字、每一个跨页的画面，在描绘了大自然中雨水滋润、草木青翠、生命气息浩荡无边的大气象的同时，也把雨后大自然中的许多生命细节呈现在了读者面前，使我们看到万物有灵，万物相依。

比如，“挂在树上的雨点像美丽的水晶，掉落了一滴，打在蜗牛的壳上，躲在壳子里的蜗牛一阵紧张，好像在想：是客人在敲门吗？”比如，“一只金龟子仓促地飞来，又飞走了，慌得好像迷路的小孩：哎呀，走错了地方，也许要迟到了。”比如，“一只活泼的云雀成了自由的写手，在空中兜了一大圈，写了很多字，它叫个不停，好像在解释：我的字总也写不好，不过，你们能懂我就行了。”比如，“小松鼠看到穿小红鞋的妹妹，轻挠着她的小胳膊，好像在问：你有口香糖吗？我的小屋漏雨了，想借一块口香糖补一补。”比如，“鸽子从草叶中跳出来，轻轻地叫了一声，好像在对自己说：哎，又要去送信了。”又比如，“每一根小草都在做着自己的梦，草叶的影子连起来，起起伏伏一长条……”

透过白雾轻绕、露水映亮的每一个细节特写，再加上童话一般的对话，我们在惊讶、感叹、领略了大自然怀抱中万物之美的同时，也不能不对大自然母亲满怀感恩和敬意！一种热爱生命、尊重生命、敬重自然、感恩世界的温润感情油然而生。

大自然对每一个生命都是温柔、平等和极尽呵护的。秦文君说：“我写的绘本《好像》，就是在极度安静，空灵，松弛的时候产生的灵感。”是的，万物有灵，才能美好如斯。“一个人的心灵能不能飞翔，跟音乐有关、跟艺术有关、跟文学有关，如果小孩从小接受了好的、美的、雅的好书，不乱于心，不畏于未来。”《好像》这样的图画书，无论是文字，还是图画，都带给我们一种清新、安静、温柔、辽阔和澄澈之美，带给小孩子一种美好与光明的向往。两位富有女性的柔情、知性和大自然情怀的创作者，用她们珠联璧合的大智慧，细细密密地完成的这本散发着花草芬芳的图画书，寄托着“让孩子看到静美的文字和意境”的美好愿望。

由《好像》这本原创图画书，我想到了由外国画家绘制的几本史诗般的“巨制”——法国艺术家伊莎贝拉·席穆勒（Isabelle Simler）创作的《海浪》《羽毛》《网》《蓝色时间》。

说它们是史诗一般的“巨制”，不仅是说这些图画书开本很大，有着众多开阔的跨页，而且画面斑斓、细节繁复、色彩绚丽，富有强烈的视觉震撼力。更重要的是，艺术家以交响乐一般的大手笔，用一幅幅仿佛环形银幕的大画面，全景式地呈现了大地、海洋、群山、冰河，展示了生机勃勃的生命世界的辽阔、美丽与神奇，把读者带向无限崇高和开阔的境界，让读者看到了生命、时光的万象之美，领略到一种天风浩荡、海浪涌动、大地绵延、夜幕无垠的大美丽与大智慧。这样的图画书，是哲学图画书、博物图画书，也是大自然的百科图画书和充满了诗与真、美与爱的抒情图画书。

比如《海浪》这本大书，就像一首献给大海的抒情诗，全书以巨大的开本呈现了一个个绚丽和细腻的画面，每一幅画面都荡漾着湛蓝、清澈的海水与海浪，带你畅游海底奇境。但是全书的文字却精简到若有若无。“当一个人，恬静，轻柔，让身体慢慢舒展开……”这时候，大海里的一切，神秘的海底中各种美丽和奇怪的鱼类，还有螃蟹、虾、海星、乌贼、叶海龙、海龟、海葵、水母、座头鲸等海洋生物，就会轻轻游过来，轻刺你的脚趾，蹭蹭你的脚底，环绕你的脚踝，倚着你的膝盖，穿梭在你的腿间，顺着你的肚皮溜过，在你的肚脐四周游走，拉伸着你的手掌，轻轻顶一顶你的胳膊肘，顺着你的胳膊攀爬，轻轻掠过你的脊梁，给你的肩头挠痒痒，在你的肩膀上休息，轻抚过你的脸庞，在你的耳畔摩挲，绕过你的脖颈，和你深情对视，缠绕在你的发丝之间，渐渐漂游向远方，或者展翅飞走……也许，你还会骑着巨大的座头鲸，潜入大海更深处。最后，当你再次浮出海面，一切随之悄无踪影，只有海浪，依然涌动……直到“世界消失在我的床榻之间”。这样的图画书，让孩子直接看到了生命的神奇与伟大，足以唤醒孩子们对于一切生命和一切创造力的向往之心。

伊莎贝拉·席穆勒的同胞和前辈、法国作家圣埃克苏佩里曾说：“只有让智慧吹拂泥胎，才能创造伟大的作家。”长年的高空飞翔和空中惊险经历，给予了他一种细腻而独特的“俯瞰感”和“超越感”，也培养了他出色的想象力，尤其是锤炼出了一种征服恐慌与黑暗、超越懦弱与俗念、志存高远的英雄气质，也使他的作品具有一种在蓝天白云之间，在星空朝阳之下飞翔的“升华之美”。伊莎贝拉·席穆勒的作品境界直追圣埃克苏佩里。例如《蓝色时间》，就是一部超越时空、俯瞰天地、尽显白昼与黑夜交替时的苍茫与静谧之美的作品。“白天的背影悄然远去，夜幕，很快就要降临。而在黑夜来临之前，是完全属于蓝色的时间。”全书就以夜幕降临前的苍茫的蓝色为主色调，描绘了出没在这蓝色时刻里的各种动物的生命瞬间，以及天空在风中吹响了前奏，树叶和羽毛随之飞舞，天地之间、海天之间、黑夜与白昼之间在此刻呈现的各种微妙的变幻。虽然是同一抹蓝色，但那是一支“蓝色交响曲”，渐渐变浓的蓝色与暮色里，荡漾着鲜活的生命的气息，蕴含着无限的神秘、壮美与华丽。

dì qī táng

# 第七堂

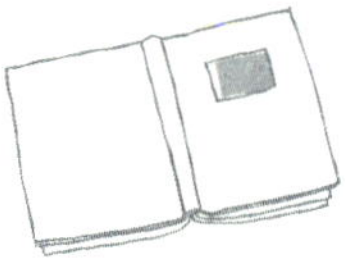

## 小熊，
## 你不要在乎评论家怎么说

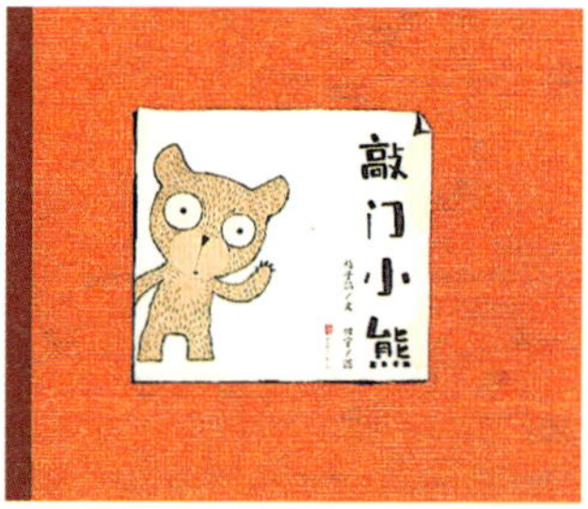

**一个人要把自己归于平常是很容易的，难的是怎样让自己变得“特别”或“很特别”。**

好奇心是让心智保持活力的最持久、最可靠的事物之一。西方有哲人甚至认为：好奇心是“科学之母”，好奇的力量远远超越智商。对于伟人和富有创造力的天才们来说，好奇心是他们最早的，也是最后的激情。

比如，哥白尼因为对太阳、星月好奇，提出了“日心说”；牛顿因为对树上掉下的苹果好奇，发现了“万有引力定律”；据说，伦敦铁道专家也是因为对老鼠钻洞产生了好奇，从而发明了地下铁道……

大科学家爱因斯坦也这样说过：“我没有什么特别的天赋，我只有强烈的好奇心。”

是的，只要你富有好奇心，并且敢于尝试和探寻未知的事物，你就会经历不同寻常的故事，发现别人难以发现的风景。

梅子涵创作、田宇绘画的《敲门小熊》，是一本很有意思的图画书，带有典型的“梅子涵式幽默”。

故事讲的是一只“很特别”的小熊的经历。“特

《敲门小熊》

梅子涵 / 著
田宇 / 绘
北京联合出版公司
禹田文化·暖房子绘本馆出品
2017 年 5 月版

别什么呢？就是只要它看见了一幢漂亮的房子，就会想，我应当去敲一敲门。”

于是，这只小熊很好奇、很自然、也很有礼貌地去敲开了它所见到的许多漂亮房子的门：狗的房子，猫的房子，鸡的房子，甚至小鸟在大树上的房子。最后，它竟然走进了城市，敲开了人类居住的一幢漂亮大房子的门……

小熊每次敲开人家的房门，房子的主人都会问：“请问，你敲我漂亮房子的门干什么？”

小熊就回答说：“没有干什么，就是想敲一敲。”

房子主人虽然不免会觉得有点奇怪，但都会夸赞小熊说：“你这爱好很特别！”

是的，小熊的爱好“很特别”。它没有一丝恶意，也不带任何功利心，似乎仅仅是因为对漂亮的房子、对“美”的好奇，它就很自然地、不由自主地，也很有礼貌地上前去敲一敲门。

那么，让我们静下心来仔细地想一想：这只小熊仅仅是敲开了一幢幢漂亮房子的门吗？

不，小熊轻轻敲开的，其实是人们共同的好奇之心，对漂亮的、美好的事物共有的向往之心。或者说，小熊轻轻敲开的，是一扇“希望之门”。因为很多时候，“好奇”就是“希望”的另一种说法。

也因如此，在接下来的故事里，奇迹发生了！

先是那个住在漂亮房子里的人，对小熊的举动产生了共鸣，他说：“哈，你这爱好很特别！我也想和你一起去敲。”

接着，狗、猫、鸡、小鸟都跟在小熊身后了。

每当小熊敲一敲一幢漂亮房子的门，大家就会齐声对开门的人说：“没有干什么，就是想敲一敲。”

结果，开门的人、开门的动物，甚至开门的布偶，排成了一队。哇呀，浩浩荡荡了。

《敲门小熊》的故事就是这样简单好玩。用作者的话说，“我没有中心思想”。

可是，聪明的作家在故事最后，安排了两个“水平很高的评论家”，让他

《敲门小熊》内页

们出来发表了各自的感想。就好像让这两个评论家担当起了为这本图画书做“导读”的任务。

一个评论家说：“当你看见一个令人吃惊的漂亮‘房子’、漂亮东西的时候，你的确应当上前敲一敲门，仔细看一看，这样你就总有热情，就会非常努力，最后你也有‘漂亮房子’了。对‘漂亮’，不应当熟视无睹。”

另一个评论家说：“‘漂亮房子’是指学问，你看见了就应当敲一敲门，这样你就能看见房子的里面了，就渊博了。”

对这样的“评论”，小熊怎么看呢？

小熊看着他俩说：“你们说的是什么啊？我一点不明白。”然后小熊又问作者：“梅子涵作家，你明白吗？”

梅子涵作家当然只管讲好他的故事，才不去管“导读”的事呢！所以，他这样跟小熊说：“这是评论家说的，不是我说的，但是我会认真地想想他们的感想。评论家的感想有时是应当想想的。”

他的话语里其实还包含着另一层意思：评论家爱怎么说就怎么说，那是他们的事，其实，有时候我根本就不会理睬评论家怎么说。小熊，我希望你也不要太在乎和理睬他们！

很好，有了这样的结尾，通常我们所见到的，每本图画书都要附上一两篇“导读”的做法，就可以免了。

聪明的作家把图画书的“导读”，甚至把自己讲述这个故事的意图，已经巧妙地安置进故事里了。

这种做法就像小熊敲门一样，也是“很特别”的。除了梅子涵作家，别人都不曾这样做过。

这本图画书的图画带有漫画风格，非常好玩。前后环衬上，画着无数幢各式各样的漂亮房子，好像在无声地等着每一个人：每一幢漂亮的房子，都有一扇关闭的门，你，敢不敢走上前去，好奇地、轻轻地、有礼貌地敲一敲呢？

读完这本《敲门小熊》，我觉得意犹未尽，就坐在书桌前又想了一会儿。那两个评论家的感想，我是赞同的。除此之外，我还有一种感受：可惜的是，我们很多人在现实生活中，往往习惯于墨守成规，惧怕好奇、惧怕尝试，或者说，惧怕“童话”。我们因此白白失去了许多机会，而把灿烂的想象让位给了庸凡的、了无新意的现实。而这本图画书似乎还想说：一个人要把自己归于平常是很容易的，难的是怎样让自己变得“特别”或“很特别”，怎样去完成一次“很特别”的行动，哪怕只有一次也好。

我还想到了芬兰童话家、国际安徒生奖得主托芙·扬松（Tove Jansson）的一个观念：在一本儿童书中，应当有一些什么东西解释不清和不必图解的，应当让孩子们自己去想或者让他们在可能和不可能的情况下去自我感受，应当留下一条小路，作家也许暂时在此驻足，而孩子们将独自继续走下去。

想到这里，我觉得自己就像是《敲门小熊》结尾里没有出现的第三个评论家了。

dì bā táng

# 第八堂

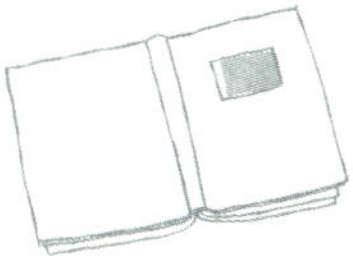

## 麻雀怎么会讲话

但愿这种负罪感和愧悔，能换来我们对每一个弱小生命的尊重之心。

这一堂课，我们来欣赏梅子涵的一本另一种风格的图画书。

中外不少文学大师都为麻雀这种小鸟写下过传世名篇，如屠格涅夫的《麻雀》、老舍的《小麻雀》，还选入了小学语文课本。在布丰、列那尔、梭罗、普里什文等作家的大自然散文里，也能听见小小麻雀的叽喳之声。



在屠格涅夫笔下，麻雀虽小，却富有母爱，为了救自己的雏鸟，麻雀妈妈甚至敢于与猎犬抗争。屠格涅夫认为，这种爱“比死和死的恐惧更强大，只有依靠它，依靠这种爱，生命才能维持下去，发展下去”。在老舍笔下，那只从猫的爪下侥幸存活下来的小麻雀，就像一个初涉尘世的少年，有了一次生命的历险，才明白：世界是残酷的，只有依靠自己的力量顽强抗争，才有生存下去的一线希望。

20世纪50年代末期，麻雀家族怎么也不会想到，它们会在中国大地上遭遇一场史无前例的、几乎被赶尽杀绝的厄运。麻雀因为偷吃稻谷和麦粒，被划归到“四害”之列。一场全民动员的“除四害”运动，使各地的麻雀一夜间陷入了暗无天日之境。

梅子涵创作、满涛绘画的图画书《麻雀》，讲述的就是在那个荒唐和疯狂的年代，“我”和两只麻雀所经历的一个梦魇般的故事。

对于麻雀来说，那真是一个噩梦。无论男女老少，无论天上地下，也无论清晨黄昏，叫喊声、锣声、鼓声震耳欲聋；还有竹竿、布条的疯狂挥舞……哪里还有一只小小麻雀的藏身之处！

**《麻雀》**

梅子涵 / 著
满涛 / 绘
接力出版社
2015 年 11 月版

据当时留下的资料来看，北京城里一天内曾消灭麻雀8万多只；上海市不甘落后，创下了一天内消灭麻雀25万只的“战果”；广州市更是急起直追，曾一天出动140万人，消灭麻雀31.3万只。当时的报纸也做了大量报道，认为这是人类向自然开战、征服自然的一次伟大斗争。1958年4月21日的《北京晚报》上，还发表了大诗人郭沫若的一首打油诗《咒麻雀》，其中有这样的句子：“你真是个混蛋鸟，五气俱全到处跳。犯下罪恶几千年，今天和你总清算。毒打轰掏齐进攻，最后方使烈火烘。连同武器齐烧空，四害俱无天下同。”

梅子涵笔下的两只麻雀，一只大的，一只小的，毫无疑问，就是当时上海某一天内消灭麻雀25万只之外的两个幸存者。它们很幸运，被从天窗爬出屋顶的“我”发现了。

两只麻雀羽毛凌乱，浑身发抖，眼睛微闭着，躲藏在烟囱下的角落里。这情景，就像美国诗人保罗·安格尔（Paul Engle）写的那首短诗：“我拾起一块石头，听见一个声音在里面吼：‘不要惹我，我到这里来躲一躲！’”

不难想象，这两只弱小无助的麻雀，在经历了惊心动魄的逃亡之后，早已身心疲惫，恐惧得有点恍惚了。它们在疯狂的呐喊声和锣鼓震天的喧嚣声中，也许曾经几度失去知觉，濒临崩溃了。此刻，它们也是暂且到烟囱下的角落里来躲一躲。

幸运的是，“我”看见了它们。

当“我”满怀好奇正要走近它们时，竟然差点滑下倾斜的屋顶。这时候，奇迹出现了，那只大麻雀竟然大叫了一声：“当心！”紧接着，小麻雀也从大麻雀的身体底下钻出来，说：“喔——去！”

《麻雀》内页

麻雀怎么会讲话呢？作家正在讲述的，不是一个现实故事吗？

是的，当然是一个他亲身经历的真实故事。因为故事里的“我”，就是今天的他。

看到这里，我想，这似乎只有一个解释：作家在给我们书写和讲述的，可能是人类历史上、也是麻雀的生命史上最为荒诞和疯狂的一幕！现实是如此荒诞和不可理喻，那么，两只挨过梦魇的麻雀，能张口说出人话来，又有什么可奇怪的呢？

“你看看他们都疯了。”

“都疯了。”

“千万不要飞出去，外面危险！”

“不飞，他们都疯了！”

这真的是麻雀们在和“我”说话吗？不，这好像是成年之后的“我”在说话。不，好像也不是成年之后的“我”在说话，而是理智与良知回归之后的人类在说话。

就像张贤亮小说里写到的，在那个荒唐的年代里，一匹马也会突然和受难中的主人说起话来；就像卡夫卡小说里的主人公，因为现实的压力，一夜间会变身甲虫。

“我”险些从屋顶坠落，被麻雀救了。“我”的天性和良知，也被麻雀唤醒。

那个露出了两只窥探外面疯狂世界的麻雀眼睛的小方纸盒，不就是用“我”的天性和良知搭建起来的吗？

这两只麻雀，是最真实的现实生活中的麻雀，也是最荒诞的年代里所产生的荒诞故事里的麻雀。是童话的麻雀，也是寓言的麻雀。是温暖的麻雀，也是带有反讽意味和黑色幽默的麻雀。

就像作家兼画家王晓明所说的，这两只麻雀的伟大，一点也不比“庄周梦蝶”逊色。他也从黑白色彩的绘画角度，导引我们欣赏这本图画书的象征意义和经典价值。

现在再回到当年的“除四害”运动上来。

说起麻雀的那场噩梦的终结，还应该感谢当时担任中国科学院领导职务的张劲夫，他给中央写了一份关于麻雀不是害鸟的报告，中央做了“麻雀不要打了”的批示，麻雀的灾难岁月才宣告结束。

当然也就有了故事里的那一段：“这两只麻雀后来一直和我生活在一起……”

又过了很多年，就到现在了。现在，当年八岁的“我”已经长大。两只麻雀已经去世了。不过，生活还在继续着。

“很多疯子还活着。我这个疯过的人也还活着。”

我想，倘若麻雀有自己的记忆传承，它们一定永远不会忘记这段梦魇般的日子；倘若人们对自己在大自然这个命运共同体中做出的荒唐、疯狂和霸道举动能有一些歉疚和愧悔，那么，我们应该说，我们对小麻雀们是要有负罪感的。我觉得，梅子涵写这本图画书，就带着这么一种负罪感。他向麻雀表达了自己的愧悔。

但愿这种负罪感和愧悔，能换来我们对每一个弱小生命的尊重之心，能换来我们对每天都生活在人类身边的那些友好、无辜的小鸟更多的怜悯、关爱与佑护之心。

《饭票》

梅子涵 / 著
张卓明、段颖婷 / 绘
明天出版社
2017 年 11 月版

除了《麻雀》，梅子涵还创作了一本图画书《饭票》，由张卓明、段颖婷绘画。书中讲述的也是发生在过去艰辛年代里的一个又苦涩又温暖的童年故事。梅子涵为这本图画书写的题词是：“成长需要温暖的毯子。献给母亲。”

这本图画书我不讲了，请你们自己去找来阅读。

dì jiǔ táng

# 第九堂

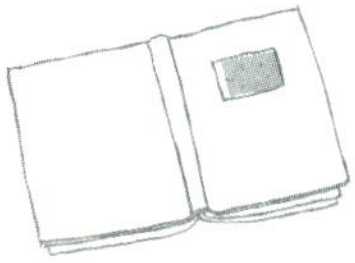

再见，悲伤！

爱一位亲人，不仅要爱他陪伴在自己身边的那些日子，还要勇敢地接受和面对他永远的离开。

每个孩子在成长过程中，都有可能遇到一些负面的、沉重的和悲伤的时刻。例如父母离异、亲人去世、好朋友遭遇意外，等等。如何让孩子直面诸如此类的伤痛，这是生命教育不能回避的课题。



世界很大很复杂，每一个正在成长的孩子，都必须变得坚强、乐观和博大。因此，我们既要引导孩子看到生命的诞生、奔跑，看到鲜活、明亮和温暖的一面，也不能回避生命的脆弱、苦痛，甚至死亡。

据说，在韩国的一些中小学里，就开设有诸如“模拟葬礼”“入棺体验”和“死亡体验”这样的生命教育课。学生通过亲身体验“死亡”，体验与亲人、朋友做“最后的告别”，而懂得该怎样更加珍爱生命和感恩亲人、热爱生活。

韩国某报曾有过这样的报道：首尔市教育厅资助某文化会馆，举办了一个“公共美术·我的葬礼”的特别展览，旨在通过这种最直观的行为艺术，让孩子体会到生命的无常和珍贵，引导他们珍惜身体，热爱和敬畏生命。展览组织方告诉媒体说：很多来这里观看展览并体验“死亡”的孩子都获益良多，很多少年由此改变了生活态度，愿意更积极地看待人生，好好对待家人，珍惜在这个世界上的每一天。

外国的图画书中，像瑞典图画书作家爱娃·艾瑞克松（Eva Eriksson）的《爷爷变成了幽灵》，西班牙图画书作家卡门·凡佐尔（Carme Sole Vendrell）的《强强的月亮》，德国图画书作家尤塔·鲍尔（Jutta Bauer）的《爷爷的天使》，德国作家阿梅丽·弗里德（Amelie Fried）与插画家雅基·格莱亚（Jacky Gleich）创作的《爷爷有没有穿西装?》等，都是讲述孩子该如何面对亲人死亡的。

在这些图画书里，这个冰冷和沉重的话题大多被图画书作家们讲述得十分平常、温暖和明亮，最终，小主人公们都能够勇敢地接受“亲人永远离去了”的事实，放下悲伤，开始用一颗平常心来铭记他们、怀念他们。

曹文轩创作故事、日本著名插画家和歌山静子绘画的《守夜》，也是一本讲述亲人离去的图画书。

曹文轩主要的儿童文学成就并非在图画书领域，但是近年来他与国际上许多杰出的插画家合作，陆续出版的《羽毛》《柠檬蝶》《烟》《夏天》《鸟和冰山的故事》等获得众多好评，产生了国际影响力的图画书，被誉为“中国种子世界花”。有的专家评价曹文轩的图画书题材多元、叙事手法多样，具有苦难美学特征、跨国合作、图画书与小说“互文”等特点。

《守夜》可以说是集中体现了这几个特点：

题材独特，是谈“死亡”的；故事中的奶奶一生艰辛，两个孩子从小失去父母，可谓“具有苦难美学特征”；绘画者是日本插画家，是为“跨国合作”；这个故事的文本，比一般图画书的文字要多得多，显然是一篇细节丰盈、结构完整的儿童短篇小说，也就是图画书与小说的“互文”。

《守夜》中的兄妹俩大鸭和小鸭，从小失去了爸爸，妈妈也离开了他们，再也没有回来。他们一直和奶奶相依为命。可是，奶奶毕竟很老很老了。故事一开头就直接告诉我们：“奶奶丢下大鸭和小鸭两个娃儿，死了。”

是的，世界上最疼爱他们的那个人，从

《守夜》

曹文轩／著
〔日〕和歌山静子／绘
广西师范大学出版社
魔法象童书馆出品
2018年1月版

《守夜》内页

此就永远地离开了他们，再也看不见了，两个孩子当然是十分悲伤的，还会有些害怕。

因为，作为奶奶仅有的活着的亲人，他们要遵守一个古老的习俗，为死去的奶奶“守夜”。

守夜，也叫“守灵”。亲人去世后，家人在晚上要为逝者点上不熄的蜡烛，叫“长明灯”，然后陪伴在逝者身边，度过这最后的夜晚。

奶奶静静地躺在那里，好像睡着了一样。蜡烛一滴一滴地淌着烛泪，橘黄色的烛光照耀着奶奶的脸。奶奶脸上好像闪动着光彩，因为有大鸭和小鸭小兄妹俩为她守夜，她感到心满意足。

小兄妹俩一动不动地坐在奶奶身边，望着奶奶安详的脸，在长长的静夜里回想着和奶奶一起度过的许多难忘的时光……

这时候，无论是作家的文字，还是插画家的色彩，都是那么温情，那么依依不舍。祖孙两代的怡怡亲情，就像最温暖的春风吹过深夜里的村庄，吹过小兄妹俩的心头。

夜晚，奶奶一边给他们唱着古老的歌谣，一边抱他们上床，轻轻地给他们盖好被子，拍着他们入睡……

夏天，奶奶摇着大蒲扇，坐在大柳树下，一边给他们扇风，一边给他们唱歌谣、讲故事……

烈日下，奶奶辛苦地种菜、浇菜，常常满脸汗水，只为多收获一些新鲜的蔬菜，好送到小镇上卖掉，这样就可以给大鸭和小鸭买衣服、书包和铅笔、本

奶奶活着的时候，他们总是很困，捏着铅笔写字，写着写着就瞌睡了。
瞌睡金、瞌睡银、
瞌睡来了不留情；
瞌睡神、瞌睡神、
瞌睡来了不由人……
奶奶一边唱，一边把他们抱上床。
奶奶给他们脱掉鞋子、衣服，盖上被子，嘴里还不停地念叨："瞌睡金，瞌睡银……"
他们迷迷糊糊中听到奶奶粗粗的歌声，
睡得更香了。

奶奶在世的时候，教给他们很多很多歌谣。
夏天在河边柳树下乘凉，奶奶一边用芭蕉扇给他们赶蚊子、扇风，一边唱。冬天天冷，他们一吃完晚饭就钻进被窝。墙壁上挂盏小油灯。他们睡不着，钻在奶奶的胳肢窝里。奶奶一边用身体温暖着两个宝贝儿，一边唱。很多时候，他们是在奶奶的歌谣所带给他们的欢乐中度过的。
奶奶走了，留给他们多少有趣的歌谣啊！

兄妹俩现在真懊悔，不该总惹奶奶生气、伤心的，不该只顾贪玩儿，没帮奶奶多干些活儿。
可是，懊悔又有什么用呢？天一亮，奶奶就走了，永远地走了。

《守夜》内页

子了……

大雪天，奶奶担心大鸭和小鸭在路上摔跟头，就拄着拐棍，宁愿自己摔跟头，也要早早赶到学校，站在屋檐下等啊等啊，等到大鸭小鸭放学，好接他们安全地回家……

夏天来了，小孩子都喜欢跑到小河、池塘里玩水，奶奶害怕他们出危险，还会挥动拐棍，严厉地管束大鸭和小鸭。淘气的他们可真没少让奶奶操心呢！

当然，奶奶永远是最疼爱他们的那个人。即使已经很老很老了，奶奶仍然起早贪黑，挑水，种菜，每天给大鸭和小鸭做香喷喷、热腾腾的饭菜……

可是，所有的老人都有一天会永远离开这个世界的。

奶奶也是这样。到了奶奶实在走不动、做不动的时候，奶奶就静静地躺下了，再也起不来了。奶奶走了，永远地走了……

在故事最后，我们看到，大鸭和小鸭想起奶奶曾经说过的话，人死了，就会去到一个“好地方”，那里长着许多花……

那么，奶奶也是一样，奶奶累了，要“享福”去了……

想到这里，大鸭和小鸭不再那么悲伤了。



小兄妹俩遵照另一种古老的习俗，找来五颜六色的彩纸，剪成一盘碎纸片，就像彩色的花瓣一样，轻轻地撒在奶奶身上。

奶奶身上落满了花纸，不，是花瓣。

我们看到，图画中除了美丽的纸花瓣，还有暖暖的橘黄色的烛光，也在抚慰着、温暖着和照耀着奶奶。

他们想到，奶奶为了拉扯他们长大，太累了，应该享享福了。

这时候，小兄妹俩在奶奶身边紧紧依偎在一起，心里也不再那么悲伤了。

在这个被芦苇围绕的水乡小村里，在这个寂静的深夜里，“他们静静地睡着了，奶奶也好像睡着了。蜡烛流完最后一滴烛泪，火苗跳动了一下，无声无息地熄灭了……”

再见，奶奶！再见，悲伤！小兄妹俩勇敢地面对黑暗、孤独和死亡的悲伤与恐惧，好像一夜之间长大了！

图画书带给我们的感动，是温暖而丰盈的。在小兄妹俩为奶奶守夜的同时，我们似乎也感受到了，作家和插画家也在用他们温暖的文字和图画，抚慰和守护着逝去的生命，也温暖、守护着孩子幼小的心。那无处不在的、温暖的橘黄色光芒，是爱的光芒，是对生命的悲悯、感恩与敬畏的光芒。

“陪伴虽有期限，爱却会永恒”，这是《守夜》的“导读手册”里“三人漫谈”的标题，概括得十分精准和恰当。

是的，每一个人，即便是孩子，也都会经历最亲爱的人的离去，经历与最亲近的人永别的悲伤时刻。如何让初涉人世的孩子学会用更积极、更健康的姿态去面对活着的每一天，如何才能让孩子走出沉重和悲伤，更乐观、更坚强、更有力量地生活，这是生命教育中不可缺失的重要内容。

爱一位亲人，不仅要爱他陪伴在自己身边的那些日子，还要勇敢地接受和面对他永远的离开。

安徒生童话里有一篇《小枞树》，它告诉人们：生命不仅仅是对过去的回忆和对未来的憧憬，更重要的是对现在的珍惜，是拥有把握现在的力量和信心。只有把握现在，人们才会真正地善待生命，努力成长。

dì shí táng

# 第 十 堂

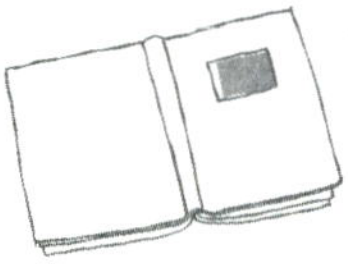

## 超越战火与生死的伟大母爱

**我们并非生活在一个没有战争的星球，而只是生活在一个没有战争的国家和时代。**

这一堂图画书欣赏课，我来给大家讲一讲我自己写的一本图画书《红色油纸伞》。

这本图画书讲述的是抗战时期，一个十来岁的小男孩和他的母亲生离死别的故事。这是我根据我的老师、著名诗人曾卓先生的一段真实经历创作的。



我先讲讲曾卓先生的故事。

**《红色油纸伞》**

徐鲁 / 著
〔俄〕安娜斯塔西亚·阿卡普瓦 / 绘
中国少年儿童出版社
2017 年 9 月版

曾卓是现当代文学史上的著名诗人。他在青年时代就被称为“中国的雪莱”。他童年非常不幸，四岁的时候，父亲离开了他和他的母亲出走了。幼小的儿子，成了母亲心中唯一的安慰和希望。母子二人相依为命，小小少年十分敬爱和孝顺自己的母亲。

上初中时，曾卓参加了武汉市演讲比赛，得了第一名，得到的奖品是一把小小的、带有黑色剑鞘的七星剑。他把这个奖品双手捧给了妈妈，挂在母亲的床头。他从母亲的泪光中看到了她内心的幸福和喜悦。我们可以想象，这时候，母亲一定在心中憧憬和想象着儿子灿烂的未来。

然而没过多久，抗战爆发了。1944年冬天，曾卓的母亲和年老的祖父等一行人，从沦陷的家乡往大西南一带逃难。这时的曾卓已是一位青年诗人，也是复旦大学的一个流亡学生，他正在千里之外的重庆嘉陵江边焦急地等待着母亲和亲人的消息。

可是，烽火年月，身处兵荒马乱之中，身体原本就虚弱的母亲不幸得了重病。但是，与儿子相见的希望支撑着她每天挣扎着向前走。几天后，母亲终于支持不住了。而当时已经有消息传来，说日本侵略者的军队很快就会到达。母亲不愿意拖累同行的人，就叮嘱他们说：你们先走吧，拜托你们一定要找到我的儿子，照顾好他，因为他还年轻。她自己艰难地倚坐在一面破败的墙边，身边留下的唯一的东西，就是儿子中学时获得的那件奖品：一把小小的七星剑。她扶着七星剑，望着同行的人在慌乱的人流中渐渐走远……从此，再也没有人知道她的下落了。那个地点，就在今天的贵州都匀附近。

这就是《红色油纸伞》背后的真实故事。我们可以想象一下，在陌生的异乡，兵荒马乱的日子，没有一片遮风避雨的屋檐，身边又没有一位亲人，看不到一张熟识的面庞，这位贫病交加的无助的母亲，耳边只有凄惨的逃难的呼喊。当她扶着儿子的一件奖品，凄凉地倚靠在土墙边，她会是怎样的心情？带着对儿子的牵挂与祝福，她最后倒在了哪个角落？



一年年过去了，诗人曾卓后来曾暗暗期待过，会不会有一天，年老的母亲突然出现在他面前？但是，现实是残酷的。最终的结果就是我在图画书结尾写到的："这场战争，永远夺走了我最亲爱的妈妈，还有我的童年。"

抗战胜利后，又一个春天到来的时候，逃难的人都回到了自己熟悉的家乡。"可是，我最亲爱的、最美丽的妈妈，永远不在了！"这是战争给中国人带来的家破人亡和生离死别的一个缩影。

我在图画书中，是用这个小男孩的口吻，也就是第一人称的讲述方式来讲这个故事的。那么，采用第一人称的讲述方式有哪些优势，对儿童阅读或写作有什么好处呢？

简单说来，我选择采用第一人称的讲述方式，就是想强化这个故事的亲历感，能直接把读者带入故事现场，也有助于表达一个小男孩对母亲的依恋，表达出一个未成年的小男孩在残酷的战争面前的伤痛与无助。因为是同龄人，我想，小读者读到这个故事，不至于有太大的距离感。

有读者朋友问过我：书中数次写到了那把红色油纸伞，两次写到了那把七星剑，这两件物品的归宿，有什么特殊意义？

我想，在一本薄薄的图画书中，任何一个细节，都不会是可有可无的。在这个故事里，红色油纸伞是贯穿故事始终的一个道具、一个细节。母亲在时，她撑着油纸伞在风雨中接送自己的孩子，油纸伞象征着母爱的护佑，母亲在处，就会有晴朗和温暖；母亲不在了，但是她把红色油纸伞留给了孩子，她仍然希望油纸伞能永远荫庇和保护自己的孩子，就像无私的母爱一样，永远能为孩子遮挡人世的风雨。

那把小小的七星剑，不仅是小男孩在学校里获得的一件真实的奖品，同时也具有象征意义。这本图画书的绘画作者、俄罗斯“功勋画家”安娜斯塔西亚女士曾跟我说过，按她的理解，这把小小的七星剑，就像是小男孩对母亲的保护之心，象征着一个儿子所渴望拥有的保护母亲的勇气和力量。我觉得她的理解正合我意。我们可以想象一下，母亲在最后时刻紧紧握住儿子的七星剑，一定就像紧紧牵着儿子的手一样，获得了最后的安慰。



还有读者朋友问：战争的阴影属于民族的回忆，对于现在的孩子来说，又意味着什么？

这让我想到前些时候，微信朋友圈里在传播一个年轻母亲的观点：让我的孩子“远离刘胡兰的故事”，云云。我想我可以理解这位妈妈的护犊之心，这是母亲的本能。但是，人类是社会性的。任何一个人、一个孩子、一个家庭，都不可能在茫茫大海上独处一隅。就像约翰·多恩（John Donne）那首名诗里写的那样：如果海水冲掉一块，大陆就会减少一块。任何的伤害都会使我满心忧伤，因为我包含在人类之中。当战争来临，丧钟不会只为一部分人而鸣，而对另外一部分人发放豁免签证。

因此，我写这个故事，就是想写出战争对人类的伤害，而不仅仅是对一个小男孩和他的童年、他的妈妈的伤害。我想传达出来的是图画书最后那一句话：“苦难的战争，也毁掉了多少家庭、亲人和孩子的幸福啊！”所以在这个故

“拜托你们，一定好好照料我的儿子，他还小……”
这是妈妈说的最后一句嘱咐爷爷奶奶、叔叔婶娘的话。
我们离开了妈妈，继续往前逃难。
20

在异乡的土地上，没有一片遮风避雨的屋檐，身边也没有一个亲人，没有一张熟识的脸，眼前匆匆走过的，都是惊慌的逃难的人群，耳边响着的是凄惨的呻吟声和呼喊声……我不能想象，当时正处在饥寒交迫和病危中的妈妈，会有着怎样的遭遇。
有多少次，我在心里默默呼唤着：“妈妈，妈妈，你在哪里呢？”
24
25

只有妈妈留下的这把红色油纸伞，我还一直保存着。
站在湿漉漉的小巷口，我好像看见了，妈妈正站在那里等着我，等着我来接她回家。
33


《红色油纸伞》内页

事里，我用很多笔墨写了妈妈的美丽，还有红色油纸伞下温暖的亲情。战争可以把如此美好的一切都毁灭，可见战争的残酷和对人类的伤害之大。

当战争降临，每个人都会深受其害。这个时候，你还会说，要让你的孩子远离刘胡兰吗？没有赵一曼、刘胡兰、董存瑞、王二小这样的民族英雄、少年英雄，谁来保护我们的孩子？也正是出于这样的想法，我在故事里写到了“爸爸”这个形象。“爸爸告诉我说，这些年里，他们一直在北方战斗！是无数的中国人，用最宝贵的生命，换来了最后的胜利！”故事里的爸爸，代表着保家卫国的力量、顽强不屈的民族精神，代表着我们心目中那些奋起抗争，保护孩子和母亲的民族英雄们。

还有读者问：像《红色油纸伞》这类带有历史记忆的作品，有什么好的阅读方法推荐吗？怎样能更好地帮助孩子理解故事和其中包含的知识点呢？

我是个作家，我写这本图画书的初心，就是想讲述我心目中的一个“中国故事”。我常讲的一句话是：只要描述得当，观点也就在其中了。我觉得，只要你能缓缓地、带着感情给孩子念完这个故事，就是最好的阅读方法了。读图画书首先应该把感动的权利还给孩子，不必奢望把一个图画书故事当作历史教科书去获得更多的知识点。我的故事里也没有设置太多的“知识点”。

不过，在创作过程中，写到一些细节时，我的头脑里还是出现了一些积累的素材的。例如，我在写到母亲在做针线时，我想到了民国时期的小学课本上的一个画面。

那个画面很温馨：“竹几上，有针，有线，有尺，有剪刀。我母亲，坐几前，取针穿线，为我缝衣。”

我写这个细节，就是想让孩子感受到母亲的温馨，对中国传统母亲形象的端庄与贤惠，有一些基本的认识。

还有一个细节，我在描写的时候，头脑里也闪过了一些画面。就是写到“这些年来，爸爸一直在北方战斗”的时候。为什么是北方呢？因为北方有长城、黄河、太行山、延安、八路军，有《红星照耀中国》里的红星闪耀的地方。给孩子讲故事讲到这里的时候，如果孩子好奇，就不妨讲解一下这些所谓的“知识点”。

著名儿童文学作家、诗人金波先生对这本图画书有过这样的评说：“战乱中的思念，是撕心裂肺的，是悲痛欲绝的。但是，有希望在，亲情在，阳光在。在这样的时候，对于一个孩子来说，他经历了一个灾难深重的时代，他的内心世界有着丰富的感受：和平与战争，安居与逃难，快乐与痛苦，团聚与离别。经历了灾难，开阔了视野，这就是人生，这就是人生的磨难、力量、智慧和成长。”我觉得这样的解读十分精准。

这本图画书的绘画创作者安娜斯塔西亚·阿卡普瓦，是俄罗斯“功勋画家”，为了创作这本图画书，我和出版社的编辑们曾陪着她在武汉看过一些老街道、老房子，她有自己独特的理解与发现，也为这个故事增添了不少新的细节。例如，远方的爸爸手中捧着小男孩妈妈的照片那个细节。妈妈的那张照片，一开始就在家中的墙壁上出现过。这个细节是画家的创造，表现了战争年代一个丈夫对妻子的思念，这不就是一种家国情怀吗？

安娜斯塔西亚在图画书中多次画到了雨水。这固然与油纸伞有关，因为有雨伞，就意味着有雨水。但是对此她有自己的理解。她说，故事中有两种雨。一种是童年快乐时光里的温润的、爱的细雨。另一种，就是让逃难变得更为寒冷和凄苦的倾盆大雨。她在书中用细腻的绘画语言，画出了她的感觉。她是俄罗斯人，心中一定也有“二战”给她的国家和民族带来的痛苦记忆，所以她说：我了解人们在战争年代的样子。



我印象最深的，觉得最能打动人心的画面有三个：一是故事开始时，美丽的妈妈在做针线，前面已经说到了，画家把妈妈画得非常美丽，画出了一个美丽、贤惠的中国母亲的形象；二是小男孩腋下夹着红色油纸伞，忍痛离别自己的母亲，一步一回头，跟着大人们继续逃难；三是母亲疲惫地独自坐在异乡的屋檐下，绝望地望着亲人们远去的那个瞬间，这个瞬间传达了战争给人们带来的无助与悲伤。

这本图画书的责任编辑叶丹，是一位80后妈妈，她在编辑手记里写到了一些鲜为人知的编辑细节：“安娜斯塔西亚·阿卡普瓦是一个非常认真、严谨、善良、和蔼的人。在我和她之间传递的一百多封邮件里，我充分感受到了她高超的艺术水准，以及做事的专业和敬业精神。为了达到自己理想中的状态，她几次推翻自己原来的构思，一遍又一遍地重画，常常彻夜工作。母亲的美丽，亲子同框时的美好，战争画面的厚重，以及跟伞相关联的雨的变化，甚至在墙纸上的那些雨的线条，从头到尾，张弛之间，无不让人感受到美好和苦难之间的强烈对比。安娜斯塔西亚对画面的把控完全阐释了她对故事的深刻理解，就像孙建江老师说的，'或许是中俄两国人民在世界反法西斯战争中有共同的记忆吧，她以自己独特的理解诠释了这个中国抗战故事，实不失为一次有益的国际合作与和平愿景的呼唤'。"

所以，我想在这里重复近日经常可以听到或看到的一句话：我们并非生活在一个没有战争的星球，而只是生活在一个没有战争的国家和时代。中华民族是一个与人为善，热爱和平与幸福的民族，但是，来之不易的和平与幸福需要一代代人付出智慧、力量，甚至生命来保护。

我正在写的一本长篇小说，书名叫《天狼星下》。"天狼星"是什么星呢？原来，茫茫夜空中有一颗最亮的恒星，叫"天狼星"。在中国古老的星象学里，天狼星是一颗"主侵略之兆"的"恶星"。我们的祖先曾经把天狼星与船尾星座、大犬星座连在一起，把它们想象成一张横跨在天际的大弓，箭头正对着那颗仿佛蠢蠢欲动的天狼星。宋代文学家、诗人苏轼《江城子·密州出猎》里的名句"会挽雕弓如满月，西北望，射天狼"，就是根据这个来的。

正是在这颗象征着"侵略"的"恶星"之下，中华民族数千年来居安思危、枕戈待旦，虽饱受挫折，却一次次浴火重生、自强不息。所以我写的《红色油纸伞》这个故事，不仅仅是一个美丽和悲伤的母爱故事，也不仅仅是一个亲情教育、生命教育的故事。我希望这是一本反思战争，对孩子进行"和平教育"的图画书，希望孩子读了这个故事能够明白，夜空中的天狼星永远不会消失，战争也并非永远离我们远去了。

母爱与亲情，是中外图画书的一个永恒的"母题"。以母爱为主题的图画书，不计其数。老作家金波先生的一本图画书新作《我爱妈妈的自言自语》，由西班牙画家阿方索·卢阿诺（Alfonso Ruano）绘画。这也是一本赞美母爱的无私与伟大、感恩妈妈的温暖的图画书。

曾经担任国际安徒生奖评委会主席的图画书研究专家玛利亚·耶稣·基尔

《我爱妈妈的自言自语》

金波 / 著
〔西班牙〕阿方索·卢阿诺 / 绘
中国少年儿童出版社
2017 年 6 月版

（María Jesús Gil）女士评价这本图画书说：“《我爱妈妈的自言自语》是一首诗。……金波为我们带来了对母子亲情最丰富的表达。那是一种真实的、单纯的、非常明确的感情，没有任何杂念，也丝毫不世故，是母亲和孩子之间最纯净的温柔感情。阿方索的插图为了同样的目的，为了向我们描绘母爱，画面是非常明亮的、透明的，流露出一种乐观而积极的基调。”

玛利亚还特别提醒读者：“在诗里，妈妈的形象是养育，是抚慰。妈妈阻挡着残酷世界的伤害，不仅阻挡，而且在必要时还是庇护所和避风港。”

每个人心中都珍藏着一份温暖的、沉甸甸的母爱。这本图画书我不再讲述了，请大家自己找来阅读、欣赏和感受。

dì shí yī táng

# 第十一堂

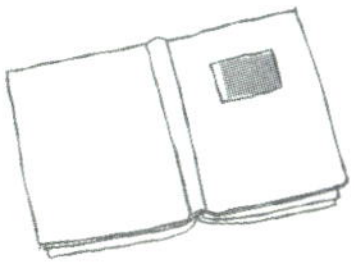

## 为什么大家都爱花木兰

**今天的孩子再次看到了从遥远的年代和苍茫的天地之间闪耀出来的人性光芒，感受到了一代少女英雄以大地为床、天空为被，不畏艰苦、报国出征的担当精神和家国情怀。**

每个孩子的内心深处，都有一个英雄梦。儿童教育学家认为，几乎每一个孩子发蒙开智的心弦，最初都是由“英雄崇拜”这双巨手拨动的。人类从遥远的神话时代开始，就保持着传播英雄故事，礼赞英雄业绩以激励后人的传统，一直到今天。



在《卓娅和舒拉的故事》这本影响过中国几代少年的传记故事里，少女卓娅写信给母亲说：“妈妈，我将作为一个英雄归来；不然，就让我像一个英雄那样死去吧！”

卓娅的话曾经激励了几代热血少年追寻自己的英雄梦想，并把豪壮的梦想变成追求理想、献身理想的行动。

“一天晚上，我做了一个梦，梦见自己身披战袍，睫毛长长，头发盘起，发带飘逸。我将梦里的模样画了出来。是她——花木兰。”这是《我是花木兰》的开头。

秦文君著文、郁蓉创绘的《我是花木兰》，以一个生活在今天的十来岁小女孩的梦境开始，引出了在中国家喻户晓的花木兰女扮男装、替父从军、保家卫国的故事。

而最末，故事又在小女孩自豪和充满向往的回味中结束：

“如今的我，没有威武的战袍，不必代父从军。我爱家人，爱美，有豪情，是不是跟花木兰姐姐很相像？

“有个秘密，必须要说了，在小伙伴中间，我有一个响亮的外号——花木兰！

“我是花木兰！”

《我是花木兰》

秦文君 / 著
〔英〕郁蓉 / 绘
中国少年儿童出版社
2017 年 4 月版

这是一阕激越的英雄和爱国主义的赞歌，也是一支清丽和温婉的少女心曲。

一位优秀的女作家和一位杰出的女画家联手，以女性的温情与细致，重新擦亮这个古老的故事，让今天的孩子再次看到了从遥远的年代和苍茫的天地之间闪耀出来的人性光芒，感受到了一代少女英雄以大地为床、天空为被，不畏艰苦、报国出征的担当精神和家国情怀。

秦文君的文笔，一向清丽、温婉，但在讲述这个故事的时候，也不知不觉变得那么豪放和洒脱！

请看她的描写：

“余晖下，迎风走来英气勃勃的花木兰。”

“木兰和衣躺在泥地上，大地为床，天为棉被。”

读着这样的句子，我们仿佛跟着作家、跟着花木兰和她的战友们重新回到了遥远的年代，回到了中国北方冰天雪地间的古战场上……

自从有了花木兰的故事，一代代中国人都在用各自不同的方式，传播、讲述、重新演绎着它：诗歌、戏曲、电影、电视、电子游戏、图画书……花木兰的故事里飞扬着我们中华民族的精气神，流淌着爱国主义热血，足以激发每一个中国人的民族自豪感。

就连闻名全球的迪士尼公司，继前些年以动画片的形式重述花木兰的故事之后，最近又要拍真人版《花木兰》。

花木兰是一个典型的“中国故事”。为什么大家都爱花木兰，都喜欢讲述花木兰的故事呢？

《我是花木兰》内页

有人分析说，随着中国的“大国崛起”和中华传统文化在世界范围内的影响力越来越大，中华文化的兼容并包及其所蕴含的一些足以引起全人类共鸣的价值观，正在被处在各种文化背景下的人们理解和认同。越来越多的外国人开始学习汉语，了解中国文化，研读中华文明史。在这样的大背景下，《花木兰》的影视化是情理之中、意料之内的事情。

然而，就像莎士比亚戏剧中的哈姆雷特一样，一千个读者心中，也会有一千个花木兰。故事可以是旧的，但是孩子永远是新的。而怎样去讲述好一个旧的故事，无论对作家还是对画家来说，都是一个很大的考验。

“……想写一写我自小仰慕过的人，童年时特别向往她自由翱翔的人生，别样的刚强之美。”作家秦文君在谈到这本图画书的创作时说。为了讲好这个故事，她特地去看北方的荒漠、山川、古战场，寻找花木兰参军上战场的豪气和荣耀；也在那无限空旷的地方，看飞鸟的影子、浮动的云彩、古战场边的小花小草。

“女孩成长的无限可能性、丰富性，如霹雳一般在我脑海里闪亮，一个少女的美丽特质和天性，不因为战争而湮灭。我仿佛触摸到花木兰令人心颤的气息。”

与以往我们看到的花木兰故事不同的是，秦文君在给孩子讲述这个故事时，还给它注入了不少生动的细节。

例如：“离家的前一天，木兰恋恋不舍，在屋前种下一株牡丹。”“养伤时，木兰用河水当镜子，梳理长发，想念家中的牡丹花。”

这样的细节，不仅使故事变得更丰盈，给古老的故事注入了新的活力，也让花木兰这个少女形象变得更加真实和清晰，更富有个性和人情味。

曾经担任国际安徒生奖评委会主席的玛利亚·耶稣·基尔女士曾这样评价《我是花木兰》：“请仔细看图，你会看到，黑白的群山、蓝色的木兰与河流剪影，形成了强烈对比。你可以实实在在地感觉到那种严寒，还有木兰的孤独。”

《我是花木兰》内页

玛利亚认为，秦文君讲述的花木兰的故事，虽然文字篇幅不大，但情节是一流的，作者懂得如何把故事讲得富有韵味，而且结构精巧，想象力饱满，能够让读者不停地猜测接下来会发生什么。

她同时也评价说，这本图画书的绘者郁蓉，是一位真正的“天才画家”，她不是在“为文字配图”，而是给故事增添了很多新的东西，“把故事带上了另

《云朵一样的八哥》

谷力 / 著
〔英〕郁蓉 / 绘
接力出版社
2017 年 7 月版

一个高度”。

是的，在这本图画书中，郁蓉充分发挥了她卓越的剪纸艺术特长，用中国传统的剪纸艺术呈现中国故事的细节之美，可谓相得益彰，完美地实现了秦文君对重述这个英雄故事的期许：“有美的视角，心的痕迹，亮的方向。”

郁蓉毕业于英国皇家艺术学院，据说也是该学院近二十年来首位中国留学生。她师从儿童文学大师昆廷·布莱克（Quentin Blake）学习图画书艺术，秉持着“儿童美育”的理念，把中国传统的剪纸艺术与铅笔素描等结合，形成了自己独树一帜的插画风格。她近几年创作的《云朵一样的八哥》《烟》《夏天》《口袋里的雪花》等图画书，被誉为中国故事与世界表达相得益彰，中国传统艺术元素与世界现代插画艺术完美融合的典范性作品，给读者留下了深刻的印象。她的《云朵一样的八哥》甫一问世，即获得第24届（2013年）布拉迪斯拉发国际插画双年展（BIB）“金苹果奖”、2013年上海国际童书展“金风车”最佳童书奖“国际原创童书奖”以及评委会大奖和读者大奖，并入选2013年度“中国最美的书”。

在《我是花木兰》中，她采用中国传统的剪纸艺术作为表现故事的主要手法，同时也辅以简朴的速写和造型手法，化繁为简，虚实互补，使每一幅画面、每一个细节，都得到了灵动和别致的表达。一些大跨页的布局，让开阔的故事背景得到了有力的表现，呈现了一个著名历史故事的苍茫、辽阔与纵深感。

在谈到自己的创作感受时，郁蓉这样说过：“作为图画书插画家，一定要放下‘艺术家’这个角色，深入到儿童的心中，去了解他们的阅读感受和需要，观察他们眼中所看到的世界，然后把从孩子们身上学到的东西融入自己的创作过程中。”她在创作图画书时，经常会在作家的文本之上，设置一些让故事变得更为丰满和生动的绘画细节。

“这本书，是我作为一个女人、一个母亲、一个画家、一个中国人，在人到中年之际，将自己的整个人生都放进去了。”郁蓉这么告诉过采访她的记者。

如果仔细阅读和欣赏，我们便能找到她在故事间隙增添的一些或向中国民间经典故事，或向世界经典图画书致敬的细节，例如老鼠嫁女、柳林风声、彼得兔、美人鱼的细节，等等。而在那个现代小女孩身处的生活场景里，也不乏绘者自己家庭生活的细节。对这样的设置，郁蓉认为："这些设计都是跟故事本身有关的，是藏在书里的秘密，仿佛引导孩子们在书里捉迷藏。我觉得通过这些细节，会增加儿童阅读的兴趣，让他们读完这本书后，还想再读一遍，每次都能有新的发现。通过在书里设置一些小秘密，我在创作时，也会享受到更多情趣。"

"江山留胜迹，我辈复登临。"

习近平总书记说过："英雄是民族最闪亮的坐标。歌唱祖国、礼赞英雄从来都是文艺创作的永恒主题，也是最动人的篇章。我们要高扬爱国主义主旋律，用生动的文学语言和光彩夺目的艺术形象，装点祖国的秀美河山，描绘中华民族的卓越风华，激发每一个中国人的民族自豪感和国家荣誉感。"

图画书《我是花木兰》的创作与出版，是礼赞英雄的一个成功的创作成果。

dì shí èr táng

# 第十二堂

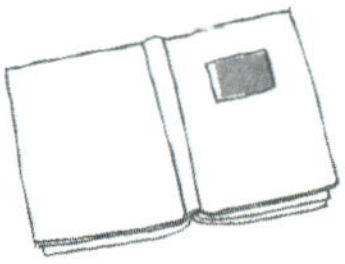

## 一场出发在即的旅行

一趟似乎已经出发在即的旅程，最终却成了一次虚拟的行走。一个本来十分美好的计划，在现实面前散了架。

旅行和漫游，是许多图画书作家都喜欢去表现的一个主题。例如荷兰作家马克斯·维尔修思（Max Velthuijs）的《弗洛格去旅行》，德国作家克里斯迪安·提尔曼（Christian Tielmann）和画家丹尼尔·纳波（Daniel Napp）合作的《农夫去旅行》，美国作家诺尔曼·伯德韦尔（Norman Bridwell）的《大红狗去旅行》，荷兰画家汉斯·比尔（Hans De Beer）的《青蛙王子历险记》，还有日本作家安野光雅的那本经典之作《旅之图画书》……这些都是图画书爱好者和读者耳熟能详的、以旅行为主题的图画书名作。

《老糖夫妇去旅行》

朱自强 / 著
朱成梁 / 绘
中国少年儿童出版社
2014 年 6 月版

可惜的是，国内同类题材图画书原创作品却如荒野仙踪，久久难以寻见。

幸好，由儿童文学理论家、翻译家、作家朱自强与著名图画书画家、博洛尼亚儿童插画奖得主朱成梁联袂创作的图画书《老糖夫妇去旅行》问世了。

几乎所有讲旅行故事的图画书，都有一个共同的特点：旅行和漫游不仅给整个故事，也给书中的每一个画页，带来了一种类似电影镜头的“流动感”。旅行途中必定会际遇的一些意外，将会构成悬念，同时也形成图画书一页一页向前推进的节奏。但《老糖夫妇去旅行》却另辟蹊径，给读者带来了一个出乎意料的故事——

紫丁香盛开的时节，老糖夫妇也迎来了一个美好的假期。

《老糖夫妇去旅行》内页

"要好好度过这个假期。我们出门去旅行吧！"于是，两人开始兴致勃勃地讨论旅行计划……

法国诗人瓦雷里（Paul Valéry）曾经说："每个家庭的每个成员心中，都会隐藏着一种说不出的厌倦感，甚至想逃出去过自己的自由生活……"

旅行，当然是"逃出去过自己的自由生活"的最佳选项了。

果然，老糖夫妇选定了一处旅游胜地——日光屿，作为旅行的目的地。可是，接下来他们从电脑上查阅到的各种问题，却一次次阻止了他们即将迈出的脚步：

山上的酒店虽好，却需要走很长的山路，太累了！

山下的旅馆虽好，却要经过一片可怕的森林，太危险了！

住在人多的地方虽好，却又十分吵闹，让人根本睡不好觉！

安静的海滨渔村虽好，可上岛遇到的风浪真让人忍受不了！

如果不上岛，就住在小镇上也不错，可那条道路上曾发生过抢劫！

那就住在城里吧，又安全，购物又方便，可是去那座城市要排上长长的队，才能买到一张卧铺票，还是让人受不了……

于是，故事的结局是——

"老糖夫妇取消了所有行程，选择留在了家里。"

读到这里，我马上想到了诗人瓦雷里那没有说完的后半段："但是，在每个家庭中，同时又拥有某种古老和强大的力量，把全家人聚集在一起共餐，并且完全舒畅地表露出各自的心情。"

老糖夫妇这一次没能成行的旅行，给瓦雷里这个观点又添加了一个例子。

那么，这就是这本图画书所要表达的吗？好像又不完全是。一个看似有点荒诞的故事，却又是在真实的情理之中。

一趟似乎已经出发在即的旅程，最终却成了一次虚拟的行走。一个本来十分美好的计划，在现实面前散了架。

或许，这就是这本图画书所包含的哲思、幽默和智慧所在了——它讲述的不仅是一个引人入胜的现实故事，也是一个令人思考和回味的人生寓言。

也许，只有在你漫游过世界之后，你才能体会到"回家"的幸福。就像许多人热衷追寻旅途的快乐、外面的自由一样，每个人的内心深处，也都渴望和需要一个叫作"家"的地方。

没有出走，就没有归来；没有漫游，就没有回家。有时候，也许正是为了回家，所以旅行。大路的尽头，才是自己熟悉的故乡和等候的亲人。

我们不妨想象一下：在自己温馨的家中，安静下来，和自己的家人朝夕相伴，慢慢变老，所谓"温和从容，岁月静好"，所谓"执子之手，与子偕老"，或许并不让人厌倦，而是一种十分难得的美好。

你们看，老糖夫妇最终取消了所有的行程，选择留在了家里，夫妻俩优哉游哉地倚靠在舒适的长沙发上，享受的不正是这种美好吗？

这本幽默又含着哲理色彩的图画书，带给我们的联想和启迪是丰富的。吉辛（George Gissing）在他的《四季随笔》里说过这样的话："能够拯救人类免受伤害的大多数好事，都产生于沉思的恬静生活。当这个世界一天天变得愈加嘈杂喧嚣，拿我来说，我是决不会加入这日益严重的喧嚣中去的。只要保持沉静，我就算给世界做出了贡献。”

老糖夫妇未能完成的旅行，不也正是对这一天天愈加嘈杂喧嚣的现实的反讽吗？

这本图画书的漫画风格和有意追求的蜡笔色彩、素描效果，好像也是朱成梁先生的一次新的尝试。绘画大师的画笔在简洁明快之中透着一种夸张的童趣。

不过，这未能完成的旅行，也许预告了一个值得期待的消息：也许，“老糖夫妇”的系列故事，才刚刚展开。

dì shí sān táng

# 第十三堂

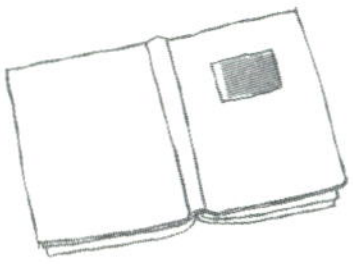

## 中国故事的<br>“世界表达”

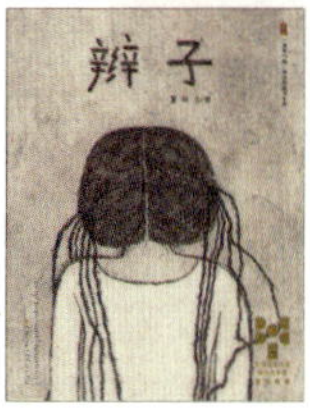

童年，不仅是每个人的“欢欣岁月”，也是
每个人永恒的乡愁和最温暖的回忆之乡。

岁月虽然把一个个孩子驱离了童年时代，但不会抹掉他们的记忆。当我们历尽了人世沧桑、熟谙了生命的种种艰辛与苦难之后，当我们叹息日薄西山、星辰消逝的时候，我们会更加深切地怀念远去的童年时代。



大概没有谁会拒绝重新体验一次童年生活，也没有谁不留恋那无忧无虑的黄金时代。也许，只有回忆起童年时，我们心里才会充满最透明的诚挚和爱。只有童年，才能使我们从一次又一次的失望里，得到重生，获得新的希望和梦想。童年，不仅是每个人的“欢欣岁月”，也是每个人永恒的乡愁和最温暖的回忆之乡。

《刺猬灯》

徐鲁 / 著
祁人 / 绘
天天出版社
2015 年 2 月版

“童年中国”是天天出版社倾力推动的一个原创图画书创作和出版项目，我有幸成为参与这个创作项目的文字作者之一，为这个系列写了一本《刺猬灯》，由祁人绘画。在这本图画书的封底，有诗人金波先生的一句推介语：“童年的刺猬灯，照亮了小刺猬回家的路，也照亮了每个人内心柔软的记忆——怀念亲情，眷念传统。”

优秀的评论家总能发现和揭示创作者内心深处的秘

《刺猬灯》内页

密。金波先生简短的一句话，就把我写这个故事最初的朴素愿望一语道破了。所以，我将此语引为知己之言。

是的，我想表达的，的确就是一种对亲情的怀念、对传统的眷念。“记住那乡愁”，这是现在每个人常常感同身受的一种情愫。有时候，所谓“最好的时光”，其实是指一种不再回返的幸福感，并非因为它美好无匹从而让我们眷念不休，而是倒过来，正因为它已永远地失落，我们于是只能用怀念来召唤它，它也因此才变得美好无匹。

“童年中国”系列图画书想要表达的也是这样一种温暖的期望。在中国广袤的地域上，千百年来形成各具地缘特征的生活方式与习俗，独有的自然风光、人文景观与风俗人情使各个地方具有专属的味道与色彩。但是城市化让这些东西慢慢遗失，今天的孩子已经很难切身感受这些事物及其承载的情感。我们希望用这样一套原创图画书，为孩子保有专属于某个地方的一份温暖的记忆与印象，描绘各地民俗民情，传达浓浓的乡情，勾勒出一个充满温情的“童年中国”。

从“童年中国”已经出版的数种作品来看，无论是创作者还是编辑出版者，都在不同的地方，沿着各自的童年的小路，朝着这个温暖的童年回忆之乡走去。

弯弯的《和我玩吧》，展现的是一种令人怀念的无拘无束、恣意烂漫的小童年；熊喵的《咪子的家》，用一个小女孩好奇和关心一只猫咪妈妈和她的小猫的故事，让读者看到生命的美好与神奇，感受母爱无畏的力量和舐犊情深的亲情之美；黑眯的《辫子》，写的是一个失去与得到、迷失与归来的故事，也使人不能不联想到那个恼人的“童年命题”：站在童年的门槛上，究竟长大了好，还是永远不长大才好？

安武林著文、布克布克绘画的《麻花小熊》，虽然是以童话的方式来讲述故事，但表达的也是对一种传统麻花制作手艺的回忆与眷念，正如故事里的一处对话所传达的：

“我们回去还能吃到麻花吗？”

“能！……这门手艺不会失传的！”

冰心老人说过：“童年呵！是梦中的真，是真中的梦，是回忆时含泪的微笑。”

谁不爱自己的童年？谁能忘却自己的童年？就像黄昏时刻的树影拖得再长也离不开树根，我们走得再远，也不会走出童年的那颗心。

除了对童年、亲情、传统的追忆与眷念，“童年中国”系列图画书还给我带来了另外一些强烈的感受：

一是最年轻的一代图画书创作家——像弯弯、熊喵、黑眯、布克布克等，大致都是二十来岁的年轻人吧，都能集文字和绘画创作才能于一身，在图画书创作艺术上，正在向着开阔的境界走去——这一点，国内外的一些图画书研究专家已经做出了相当高的评价。更重要的是，

《和我玩吧》
弯弯 / 著·绘
天天出版社
2015 年 2 月版

《咪子的家》
熊喵 / 著·绘
天天出版社
2015 年 2 月版

《麻花小熊》
安武林 / 著
布克布克 / 绘
天天出版社
2015 年 2 月版

他们都在用图画书的方式展现独特的中国元素，抒写美好的中国情怀，讲述鲜明的中国故事。他们不仅在向童年致敬，也在向传统致敬。这是中国传统文化在儿童文学领域薪火传递的胜利。

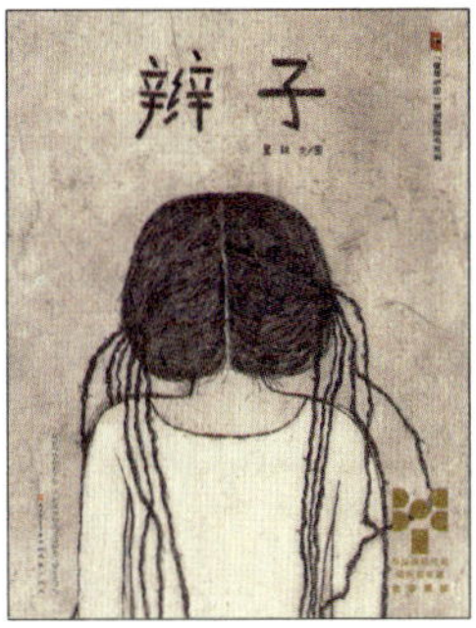


《辫子》

黑眯／著·绘
天天出版社
2015 年 2 月版

光阴流逝，一代代人的童年也在不断远去，但是，对美好传统的守望与传递，是无论什么时候都不应抛弃的使命。就像诗人流沙河在《就是那一只蟋蟀》这首诗中所写的，“中国人有中国人的心态／中国人有中国人的耳朵”，“凝成水／是露珠／燃成光／是萤火／变成鸟／是鹧鸪／啼叫在乡愁者的心窝”。

越是民族的、地域性的，就越是世界的，这已经成为大家的共识。而对于儿童文学、对于图画书来说，人类根植于童年时期的一些共通的情感和价值观，同样也是能够照亮处在任何一个民族和文化背景下的读者“内心柔软的记忆”的温暖灯火。这就是“童年中国”系列图画书给我的另一点感受。

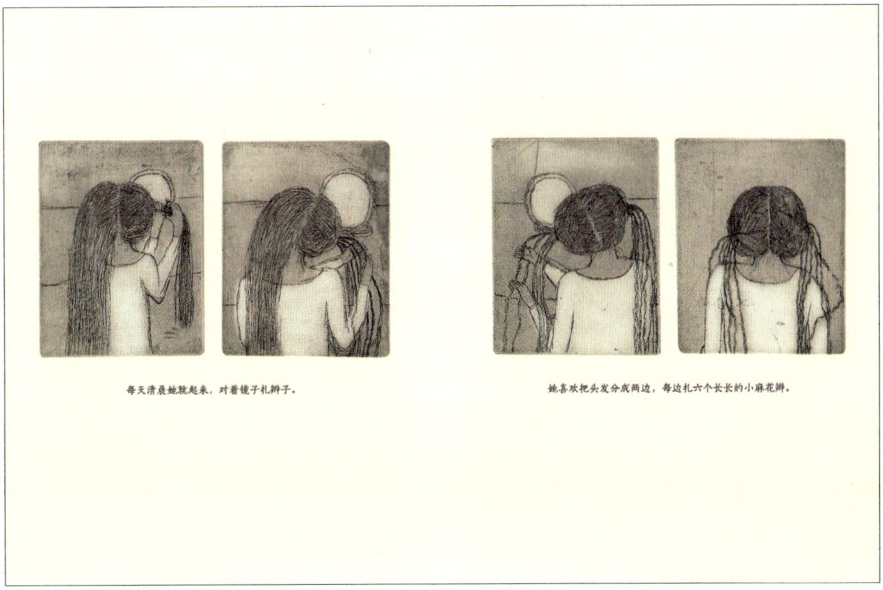


《辫子》内页

这些图画书在注重呈现中国情怀、讲好中国故事的同时，也尽力呈现出了一种国际范儿，是中国故事的“世界表达”。其中使我大有惊艳之感的是黑眯的那本《辫子》。

这本图画书无论是故事、意境、绘画色调、线条细节，还是整体设计、纸张的色调与手感，甚至字体、字号的选择，都十分用心、讲究，有一种真正的国际范儿。难怪2014年国际安徒生奖得主罗杰·米罗（Roger Mello）看到这本图画书时，也掩饰不住自己的惊喜，不禁赞叹这是让他感到“非常非常惊讶”的一本图画书，好的插画家就应该“有一些疯狂的想法”，给读者带来“他们应该得到的，而不只是他们想要的”东西。

dì shí sì táng

# 第十四堂

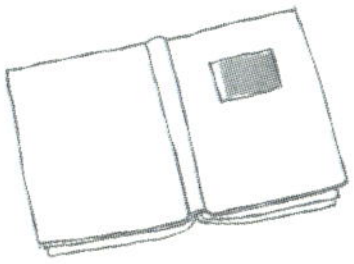

越是民族的，
越是世界的

**不同时代的画家以各种风格的绘画，不断翻新和演绎着这篇童话名作。**



六十年前，当“童话奶奶”葛翠琳还是“童话姐姐”的时候，她为小读者们创作了美丽的童话《野葡萄》。《野葡萄》的故事陪伴和温暖过很多孩子的童年。在第二次全国少年儿童文艺创作评奖（1954~1979年）中，《野葡萄》获得童话类一等奖。如今，这篇童话不仅成了中国儿童文学的经典名篇，也因为故事里所散发的人性的光芒，所传达出来的渴望光明、追求幸福的美好愿望，而受到了世界各地小读者的喜爱，被翻译和出版成了多种外文版本。

世界上有许多美好的童话故事是童话家从自己祖国的民间故事里寻找和挖掘出来的“珍宝”。只有在富饶的民间文化的土壤上，才能开出这样鲜艳和芬芳的童话之花。安徒生童话、格林童话、普希金童话、卡尔维诺童话、埃梅童话、新美南吉童话……无一不是在民间文化土壤上开出的美丽花朵。《野葡萄》也是童话家根据中国北方民间故事进行的再创作。

故事主人公是一个父母双亡、聪明美丽的牧鹅小姑娘“白鹅女”，她受到恶毒的婶娘的虐待，被弄瞎了双眼。原因是婶娘自己有一个盲姑娘，阴暗的嫉妒心使婶娘下毒手，残害了白鹅女那双野葡萄一般亮晶晶的眼睛。但是白鹅女有着善良和坚强的心灵。在好心的白鹅的帮助下，她孤身走进深山，寻找传说中的能让盲人重获光明的野葡萄。在经历千辛万苦之后，她终于找到了神奇的野葡萄，不仅使自己重见光明，还把能够治疗眼疾的野葡萄带给了更多需要帮助的人。《野葡萄》是一个真正的中国故事，传达了中国传统文化中善恶分明的道德伦理、追求光明和幸福的情怀和明亮向上的价值观。

依照传统的童话故事类型来看，《野葡萄》是中国民间故事里的一个典型的“后母型”故事。婶娘就是一个后母的形象。也许，在最初的民间故事里，还含有“善有善报、恶有恶报”的因果报应的成分。但是，童话家对这样的成分进行了改造和创新。童话家并没有过多地渲染小姑娘遭受婶娘虐待的悲惨命运，而是把小姑娘面对厄运和困境顽强不屈，毅然踏上寻找野葡萄的艰难之路的品质，作为故事的讲述重心。故事带给人们的不是悲苦和伤痛，而是温暖和光明，是足以把遭遇厄运和苦难的人们从黑暗中拯救出来的力量。

《野葡萄》诞生以来，尤其是20世纪80年代之后，不同时代的画家以各种风格的绘画，不断翻新和演绎着这篇童话名作。作为一篇富有鲜明的中国风格和中国情怀的经典童话，它也不断吸引着国内外新一代插画家用现代绘画语言重新演绎这个故事。

早在1984年，著名画家柯明先生用他特有的传统剪纸风格的插画，创作了一本《野葡萄》图画书，由上海教育出版社出版。虽然那个时期，“图画书”的概念在中国还没有像现在这么普及，而且是骑马钉装订的简易平装本，但是柯明绘画的这个富有民族艺术风味的版本，已经是一本质量上乘的完全意义上的图画书了。书中有不少跨页，看上去十分生动、大气。葛翠琳自己也很喜欢这个版本。

在众多的《野葡萄》插图本、连环画本和图画书版本中，葛翠琳老师最为偏爱，也获得了国内外同行、读者和专家盛赞的，是出自画家吴儆芦先生之手的《野葡萄》。葛老师认为，吴儆芦笔下的白鹅女形象，正是她心目中的白鹅女；吴儆芦的绘画风格，也跟她带有抒情意味的、清新朴素的民间文学风格很是契合。

吴儆芦先后创作过两个版本的《野葡萄》插画。第一次是在1985年，为外文出版社出版的《野葡萄》英、法、

**《野葡萄》**

葛翠琳 / 著
吴儆芦 / 绘
连环画出版社
2012 年 12 月版

《野葡萄》内页

德、俄、日等外文版本创绘的插画。这一版插画清新、俊美，富有版画和装饰画的风格，也有着中国民间艺术中的印花蓝布的风味。吴儆芦第二次创作是在2013年，为毛毛虫童书馆创绘《野葡萄》图画书。这一版的文字也是葛翠琳重新改写的。吴儆芦重新创作的绘画，与前一版清新、俊美和富有装饰性的画风不同，变成了意境优美、宁静的水彩画风格。整本作品的色彩仍然以庄重、清爽的印花蓝布的色调为主，但分明又多了一些浓淡相宜的水墨元素。我觉得这是迄今为止最美的一版《野葡萄》图画书。这个版本也获得了国外同行的激赏，真正走出了国门，被一些外国出版社引进。

与中国画家们用中国传统的水墨、剪纸、水彩等绘画表现手法创作的《野葡萄》相比，来自美国的青年插画家凯尔·郭尔（Kyle Skor）创绘的这本《野葡萄》，带给我们的是一种全新的、别具视觉震撼力的艺术感受。

这位插画家在美国攻读过艺术与设计专业的硕士学位，做过现代设计，后来又获得了哈佛大学教育硕士学位，还曾在中国、韩国、美国和澳大利亚举办过个人画展。他在儿童教育实验中，尝试与孩子们一起为故事书绘制插图。他用自己风格独特的水彩画创作的《野葡萄》图画书，与中国画家们的创绘完全不同，是一种带有一点印象派和现代抽象绘画风格的演绎，但看上去也很美，令人耳目一新，也能感受到插画家对这个童话的独特理解与诠释，同样富有视觉冲击力和感染力。

《野葡萄》

葛翠琳 / 著
〔美〕凯尔・郭尔 / 绘
天津人民美术出版社
2016 年 7 月版

美好的童话总能给人们带来光明和愉悦，就像这个童话里神奇而美丽的野葡萄。经典童话的魅力，也总是历久弥新。《野葡萄》这篇童话因其渴望光明、追求光明的美好的价值观，赢得了不同文化背景下读者的喜爱。“越是民族的，越是世界的”，《野葡萄》是一个典型的例子。

dì shí wǔ táng

# 第十五堂

## 回家，爱家

**每个人都爱自己的家。哪怕它贫寒，哪怕它没有豪华的门楣和漂亮的客厅，没有流油的烤鹅和喷香的苹果。**

春节，是每个中国家庭都十分看重的一个传统节日。即使远在千里之外，一到春节，无论如何也要赶回老家，和父母、亲人团聚在一起，就像西方人过圣诞节一样。

春节，是一个万家团圆的温暖节日，是一个浸润着亲情、乡思和感恩之情的节日。每个人都爱自己的家。哪怕它贫寒，哪怕它没有豪华的门楣和漂亮的客厅，没有流油的烤鹅和喷香的苹果，但它毕竟会有一团温暖的灶火，会有一个洋溢着一家人的怡怡亲情的小小饭桌。

中国原创图画书中，以春节为题材的作品，最具代表性的一本，大概非《团圆》莫属了。这本图画书由女作家余丽琼创作故事、画家朱成梁绘画，带有地道的中国传统风格，曾经获得首届“丰子恺儿童图画书奖”，曾登上了《纽约时报》全球图书排行榜。

**《团圆》**

余丽琼 / 著
朱成梁 / 绘
明天出版社
2008 年 4 月版

《团圆》融入了春节的许多元素：在远方的城市里做工的爸爸回家过年，和亲人团圆，家家都挂起了红灯笼，贴上了红春联，放起了爆竹，在汤圆里包上预示着好运

《外婆和大公鸡》

王一梅 / 著
于鹤忱 / 绘
中国少年儿童出版社
2016 年 3 月版

的硬币，小孩子穿上新棉袄出去拜年，骑在爸爸脖子上观看舞龙灯，等等。

这本图画书，我已在我的“24堂经典文学阅读课”之《绘本悦读十二月》里详细地赏析过，这里不再重复。今天我们一起来欣赏另一本讲述过春节的故事的图画书《外婆和大公鸡》。

中国的一代代孩子，尤其是在乡村和小城里长大的孩子，谁不曾有过这样温暖和美好的童年记忆呢！《外婆和大公鸡》是一个以中国传统节日春节为背景的亲情故事。作家把中国人过春节的许多节日风俗，例如贴春联、邻居之间拜年祝福、挂红灯笼、小孩子穿新衣服等，都融合在故事里，而把外婆对小悦的疼爱，把城里人对渐渐变得遥远的乡村生活、童年时光的怀念之情推到了故事的前台，写出了在物质文明发达的今天，人们对曾经有过的田园生活和乡村文明的追忆与留恋，抒发了人们心中共有的淡淡乡愁。



我甚至觉得，作者王一梅是借外婆带进城里、带给小女孩的那只漂亮的大公鸡的啼鸣，唱出了献给“消逝的童年”的一支恋曲、一支挽歌。美丽的雄鸡就像从乡村进入城市的一只会唱歌的大鸟，它用响亮的啼鸣声，唤醒了人们纯真、快乐和美好的记忆，唤醒了人们对一些行将消逝的节日风俗、传统文化和简单生活的怀念与向往。

是的，在一个健康、健全、幸福、快乐和恣肆的童年里，怎能没有外婆的小山村或小渔村？孩子们短暂的童年时光里，怎能没有田野、小河、星星、萤火虫和清晨的鸡鸣声？

当我们的生活和我们身处的世界，被越来越多的流水线上生产的物质所充塞，我们的日常生活日益轻薄，滋味也越来越寡淡，人心也变得越来越华而不实、浮躁不定。物质享乐上的陶醉与沉沦，使我们的精神和心灵日渐萎靡和干枯，这时，不仅是孩子们，就是成年人，不也会愉快地欢迎那位外婆，还有她从乡下带来的大公鸡吗？

《外婆和大公鸡》内页

这本图画书的水彩绘画非常美丽和细致。一本图画书里不可能有太多的文字，作家在文字里省略了的背景和细节，细心的画家都用画面补充了出来，例如贴窗花、走亲戚、挂红灯笼、放炮仗，等等，既引人入胜，也呈现了鲜明的中国风。

今天，人们过春节时的一些新“风尚”，越来越充满物质主义味道，红包、送礼、请客应酬，越来越变成了一种让人却之不恭而应接不暇的负担，以至于不少人变得有点“害怕”过年了。特别是生活在城市里的孩子，更是享受不到小山村里过年的种种乐趣，未免太遗憾了。

但愿这本图画书真的能像故事结尾作者所期望的那样：让更多的孩子和成年人，“一起回大山里过年”，因为那里有许多大公鸡，会早早地叫醒人们；那里还有很多孩子，就像小时候的你和我，大家一起踢着鸡毛毽子长大，因为那里有田野、星星、萤火虫和辽阔的远方。

《外婆和大公鸡》给孩子讲的是家乡与童年的记忆，在这里，我还要给小读者们讲一讲《我的祖国》这本图画书。

在我的心中，祖国就是我们所有人的家。中华民族自古以来就注重家国情怀，有国才有家。正如著名艺人成龙唱的那首《国家》的歌词里写的：“……都说国很大，其实一个家。一心装满国，一手撑起家。……国的每一寸土地，家的每一个足迹，国与家连在一起，创造地球的奇迹。国是我的国，家是我的家。我爱我的国，我爱我的家。”

《我的祖国》

徐鲁 / 著
朱成梁等 / 绘
中国少年儿童出版社
2017 年 1 月版

这本图画书的绘画，是由朱成梁、徐开云、陈泽新、李全华、李红专、程思新、李蓉等国内众多儿童插画家共同创作的，文字却是由我一个人写的，为此我感到十分荣幸。

在创作这本图画书之初，我想起童年时代读到的两篇作品。一篇儿童短篇小说，题目是《失去祖国的孩子》，是老作家陈模先生写的；还有一本长篇小说，书名是《没有祖国的孩子》，是东北的一位老作家舒群先生写的。这两篇作品写的都是日本侵略者入侵中国之后，我国东北和华北地区的孩子们，失去了自己的祖国，变成了“小亡国奴”，在日本侵略者的欺凌、压迫和奴役下，过着没有尊严，没有欢笑，只有屈辱和悲伤的日子。

长大后我一直没有忘记这两篇作品。它们让我深深感到，拥有一个和平和强大的祖国，是多么值得自豪。拥有祖国的孩子，就像生活在妈妈身边的孩子一样，是无比幸福、快乐和安全的。我在这本图画书里，首先就是想表达这样一种感受。

其次，我还想通过这本图画书，用一段段富有诗意的文字，让小读者们明白一个道理：“祖国”是一个多么美丽和伟大的词语，热爱自己的祖国，是一种崇高、伟大和宝贵的感情。这种感情不是抽象和空洞的，而是十分具体的，就像我们每天必需的清新的空气、洁净的蓝天、温暖的阳光，就像我们每天必需的食物和水一样。我想从孩子的视角出发，用生活中的点滴细节呈现祖国家一般的存在，给孩子安全感与归属感。所以我这样写道：

“在柔软的草地上，当你第一次学走路的时候，托起你小小脚丫和脚步的，就是我们的祖国妈妈。”

“当你写出第一个方块字的时候，当你用美丽的汉语大声朗读的时候，当你戴上红领巾的时候，当你在帮助一个比你弱小的或者年老的人的时候，祖国妈妈，也站在背后看着你，分享着你的快乐和幸福呢。”

没有祖国妈妈，我们就不会有自己温暖的家，我们就会失去幸福感和安全感，就会像失去阳光和水分的植物一样，渐渐枯萎。祖国，每天都以一点一滴的细节，以一个个看得见，触摸得到，也感受得到的具体的事物，和我们在一起，陪伴我们成长。你们从这本图画书里的一个个画面上，就能感受到，“祖国”是无处不在的，是时刻都在我们身边的：“祖国妈妈，是你每天上学放学时，走过的那条铺满绿荫的小路。祖国妈妈，是你在课堂上举手回答问题时，老师给你的微笑和赞许。”

《我的祖国》内页

还有一种感受，我也想通过这本图画书分享给小读者们：我们热爱自己的祖国，首先就要爱自己的家人，爱自己身边的朋友，当然，也要爱自己。只要每个人从自己做起，把一点一滴的小事做好，把自己成长中的每一天管理好，让每一天都过得高尚和幸福，让你的亲人、周围的朋友都感到快乐和温暖，那就是你热爱祖国的最好行动。因为，一个美好和伟大的祖国，就是依靠每一个人、家庭、村庄、城市来构筑的。

“勤快的小蜜蜂，采摘花粉，给人类酿出甜甜的花蜜；辛劳的奶牛，吃着青草，给人类产出洁白的牛奶。长大后，你也会用辛勤的劳动，给祖国妈妈献上更多的快乐和幸福。那时候，你的亲人、朋友和那些需要帮助的人，都会得到你的照顾和帮助。”

“每个孩子长大了，还会在祖国美丽的大地上旅行。雄伟的长城，滔滔的黄河，滚滚的长江，还有那些美丽的高山、丘陵、平原、盆地……都是我们的！我们的祖国，是世界上最美丽、最辽阔的家园。”

我们都是祖国妈妈的孩子。我们都热爱自己的祖国，祖国妈妈每天也在注视着、爱护着她的每一个孩子。“拥有祖国的人是幸福和快乐的。你的微笑，你的啼哭，你的心愿，你的梦想，都会得到祖国妈妈的尊重和爱护，就像春天里嫩嫩的小草上，洒满了明亮的阳光和露珠。”

dì shí liù táng

# 第十六堂

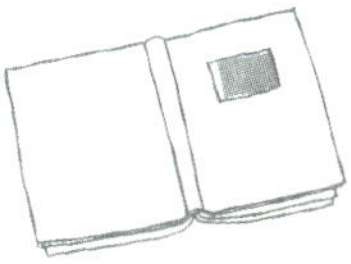

秋空爽朗——

爷爷的故事

爷爷即使年老，生命依然散发出活力和光华，就像重阳时节的爽朗秋空一样。

每年农历九月初九，正是橙黄橘绿、秋空爽朗的时节。这一天，人们会陪家里的老人，一起登高望远，沐浴秋阳之光，把万山红遍的金秋美景尽收眼底……这就是中国美丽的传统节日之一——重阳节。



重阳节又叫“登高节”“敬老节”。重阳节里除了登高，还有赏菊、插茱萸等美好的习俗。细究起来，其中的每一个习俗，都是独特的中国故事。

萧袤创作文字、丁旗绘画的图画书《小欢和爷爷》，以重阳节为背景，给我们讲述了小欢和爷爷祖孙俩亲情怡怡的故事。

《小欢和爷爷》

萧袤 / 著
丁旗 / 绘
中国少年儿童出版社
2016 年 1 月版

萧袤是中国原创图画书领域的一位成果斐然的作家，他的图画书题材丰富而开阔，名作迭出。《小欢和爷爷》里既有中国传统故事的元素，又散发着人类共通的亲情的温暖。

爷爷像许多老年人一样，心里头越来越孤独和寂寞，有时还会生出一些奇怪的念头，就像重新变成了一个天真、单纯，甚至有点顽皮的小孩。

每个人都有年老的时候，每个人年老后，也会像故

《小欢和爷爷》内页

事里的爷爷一样，寂寞、脆弱、古怪，喜欢回忆往事，渴望家人的陪伴……这是生命的自然规律，孩提时代、中年时代、老年时代，不同阶段有不同的生命状态和精神需求。

故事里的小欢就像陪伴在年老的爷爷身边的“安慰天使”和“快乐天使”，他给爷爷的每一天都带来了阳光、笑声、力量和幸福。因为有了小欢的陪伴，爷爷即使年老，生命依然散发出活力和光华，就像重阳时节的爽朗秋空一样。

小欢和爷爷的故事，也是无数中国家庭里祖孙生活的真实写照。这个温馨的故事可以启发我们思考如何更好地理解、尊重和热爱生命，该用什么方式去关爱、陪伴老人。

这本书的绘画也洋溢着秋高气爽的气息，展示了热热闹闹的节令风俗。

我们从画面里不时会看到一些亲切和熟悉的细节，如青花瓷茶壶、牌坊、石狮子、小石桥、太湖石、门神年画、竹凳和竹躺椅，等等。所有这些“中国元素”，也在无声地讲述着这个中国故事，传递着温暖的中国情怀。

由小欢和爷爷的故事，我想到了我创作的那本也是以爷爷为主人公的图画书《爷爷的打火匣》。

我小的时候，跟爷爷、奶奶生活在故乡胶东一个偏远的山村里。爷爷是一

《爷爷的打火匣》

徐鲁 / 著
朱成梁 / 绘
中国少年儿童出版社
2013 年 5 月版

位老护林员，一生劳苦而勤俭，对我的成长影响很大。

那时候村庄里还没有电灯，只用煤油灯或豆油灯照明。北方冬天的夜晚很长，乡下睡觉也很早，在许多冬天的长夜里，我就会缠着爷爷、奶奶给我讲故事。

记得最牢的是，爷爷时常给我讲一些家乡名人故事，讲的最多的是有个叫李宝初的大财主，平时生活上如何节俭，如何如何会过日子，所以后来才能成为当地有名的大财主。爷爷把李宝初作为教育我们这些后辈的励志人物，同时也把这种教育落实到了日常生活细节中。比如，吃熟地瓜的时候，从来不允许我们剥皮，一定要连皮带蒂一起吃掉；吃窝头的时候，一定要用另一只手接着可能掉落的渣渣，以便吃掉这些渣渣，一点也不能浪费；无论是冬天还是夏天，在炕席上睡觉时不能穿着衣服睡，以免磨损了衣服……

爷爷还用韵语给我出过一组谜语："上山直溜溜，下山滚粺馏，摇头梆子响，光洗脸不梳头。" 每一句要猜出一种动物。其中"粺馏"是一个方言词，那是我们老家胶东的一种用红薯面、玉米面或黄豆面混合做成的窝窝头，是粗粮。这四种动物分别是狐狸、野兔、驴和猫。

瑞士女作家约翰娜·斯皮利（Johanna Spyri）的儿童小说《小海蒂》里，有一位性格古怪、一直不愿意到山下居住的阿尔穆爷爷。出乎人们意料的是，阿尔穆爷爷和小海蒂祖孙俩相处得十分融洽，小海蒂在爷爷山顶上的小木屋里一住就是三年。在这期间，她拥有了童年里最好的朋友——阿尔卑斯山上的小牧童"山羊彼得"，还有彼得的奶奶以及其他一些放羊娃。小海蒂和这些小伙伴一起，在阿尔卑斯山的山风、雨雾、花草和阳光的爱抚里，在羊群的咩咩声中，快乐地、自由地成长着。

阿尔穆爷爷勤劳、善良，就是性格有些古怪和固执。当山下的牧师劝他把小海蒂送到山下去上学时，他固执地说："不！我并不打算送她去上学。"阿尔穆爷爷朴素的"教育观"是：小海蒂是和阿尔卑斯山上的小羊、小鸟和野花一起长大的，与它们相伴是一件幸福的事，它们是不会教她去做坏事的。

我有时觉得，我的爷爷也有几分像那位阿尔穆爷爷。

至于奶奶给我讲的故事，就更多了，什么“金粪筐和银纺车的故事”“小红点的故事”“灯花姑娘的故事”“狗尾巴草的故事”，等等。这些朴素的民间故事，很自然地影响着我后来的写作。长大后，爷爷奶奶讲的这些故事，都被我写成了一首首美丽的童话诗。夜晚，奶奶讲故事时舍不得点油灯，所以留在我记忆里的这些故事，总是伴着映在窗纸上的月光和摇晃的树影……

这种情景，和普希金小时候在夜晚听奶妈给他讲“渔夫和金鱼的故事”等俄罗斯民间传说，真是太相似了。所以后来我去俄罗斯访问时，还特意去过普希金小时候住过的那个村庄，为的是去看一看小普希金经常坐在老椴树下看书和幻想的那块林中空地。那里有一株孤零零的老椴树，普希金觉得它像童话里的“树王”。

我常常想念我的爷爷。爷爷的一生，是苦难、勤劳和节俭的一生。在抗日战争的年代里，为了保卫自己的家乡，他和他的兄弟们一道，在胶东半岛的山冈上，在密密的青纱帐里，和日本侵略者英勇地战斗过！他把自己两个血气方刚的儿子（也就是我的两位伯父），都送到了保卫家乡的抗日队伍里。两个年轻人的热血，都洒在了故乡的大地上。爷爷年老后，就在家乡的山冈上风雨无阻地守护着、巡视着他的好兄弟和儿子们的墓地。直到已经很老很老了，他仍然不愿意下山，不愿意回到山下的村庄里居住。爷爷曾经告诉我说：当他一个人睡在松涛滚滚的大山上的时候，当他半夜里提着昏黄的风灯，巡视着长眠在大山上的祖先们的墓地的时候……他会觉得，那些死去的亲人和乡亲，时时刻刻都在陪伴着他，给他智慧、力量和胆魄……

那时候在乡下，火柴还十分珍贵，爷爷抽旱烟的时候，从来不使用火柴，只用古老的打火石和火镰，这样可以把火柴节省下来，留给奶奶做饭引火用。《爷爷的打火匣》写的就是我对爷爷的打火匣的记忆。爷爷过世也有四十多年了，现在，就算是在最偏远的乡下，也没有谁再会使用打火石和火镰了。这时候再想起爷爷的打火匣，想起爷爷的打火石和火镰在长长的黑夜里擦出来的小小的金色火星，我对爷爷的怀念就越发深切。

所以，我在这本图画书的最后，写了一段“作者的话”：

《爷爷的打火匣》内页



“今天，敬爱的爷爷，当窗外正在轻轻落着雪花，又一个漫长的冬天来到了我们中间，我是多么想念你啊！想念你背着一杆旧猎枪、提着那盏旧风灯四处巡山的样子；想念你那温暖的、挂满了各种晒干的野蘑菇和草药的小木屋；想念你那越来越苍老的、刻满了深深的皱纹的古铜色的脸膛；想念你在铺天盖地的大风雪中一步步跋涉的样子，和你在厚厚的雪地上留下的深深的脚印。”

我很感谢画家朱成梁先生，他为了画这本图画书，还特意去过我的家乡胶东半岛体验生活，去观察那里的山形、树木、小村庄的房子、民居里的陈设、胶东农村孩子的服饰等细节。他把我献给爷爷的这篇小故事，画成了一本如此美丽的图画书。现在，这本书已经被日本、韩国、法国、柬埔寨等不少国家翻译出版了。

朱成梁先生在为小读者们写的一段“画者的话”里说：“在我画过的图画书中，有两本讲到了狐狸：一本是《火焰》，另一本就是《爷爷的打火匣》。前者是狐狸与人类斗智斗勇求生存的故事，后者则是一首人与自然和谐相处的赞歌。”他在画《爷爷的打火匣》时，“大多采取平视的、宁静而抒情的构图，在多数的画面里出现小狐狸的身影，还有环保又舒适的海草房子……这是我们理想的生态环境。我用画笔一棵一棵地画树，就像一棵一棵地种树。树是大自然最普通的植物，也是最美的，我们要像爷爷那样时刻惦记它们，时刻保护它们。”

一本好书，一个美丽的故事，就像一根小小的划燃的火柴，照亮漆黑的夜晚。爷爷一生勤俭清白的懿风美德，也是我心中最好的家传，永难忘记。

dì shí qī táng

# 第十七堂

记住

父辈的光荣与梦想

**把世界变成花园吧，变成我们的母亲、父亲、所有的孩子和老人的乐园吧。**

我的家乡是中国东部沿海的山东省胶东半岛。那里也是著名作家、诺贝尔文学奖获得者莫言先生的家乡。

在20世纪40年代里，日本侵略者给我的家乡带来了深重的灾难。我从记事的时候开始，就不断地感受到这场战争给我的亲人带来的巨大的痛苦。当侵略者的马蹄踏进我的家乡的时候，我的祖父带着他的两个年轻的儿子，参加了当地的自卫队，加入到了保卫家乡、抗击法西斯侵略者的队伍，日夜战斗在家乡的山谷间和高粱地里。最终，我的两位只有二十几岁的伯父，都死在了侵略者的刺刀下。小时候，我亲眼看到，也亲身体会到了战争给我的爷爷、奶奶留下的毕生的丧子之痛。

奶奶告诉过我，当时，她去为两个年轻的儿子掩埋遗体的时候，一只胳膊搂着一个，她的双眼就是那个时候哭瞎的，以至于终生都再也看不见东西。我在2015年创作的图画书《纪念碑下的小花》里的那位看守墓园的老人，就是以我的爷爷为原型。

《纪念碑下的小花》写的是一位很老的老爷爷，每一天、每一年守护在一个小小的陵园里，除草、浇花，陪伴着在过去年代里为了保卫祖国和家园而长眠的英雄们。就像那位老爷爷所说的那样：只要我还没死，他们就都还活着，

《纪念碑下的小花》

徐鲁 / 著
江显英 / 绘
中国少年儿童出版社
2016 年 5 月版

永远活着，活在我的心里……

我写这个故事，是出于这样几点想法：

首先，正如儿童教育家所说，几乎每一个孩子发蒙开智的心弦，最初都是由“英雄崇拜”这双巨手拨动的。人类从遥远的神话时代开始，就保持着传播英雄故事、用英雄事迹来激励自己和后人的传统，直到今天。所以，小孩子应该从小阅读英雄故事。

其次，每个小朋友的内心深处，都会有一个英雄梦。所有真正的英雄，都是实实在在的人，所以，每个人都可能成为英雄。

第三，一个不懂得尊重和爱护自己的英雄的民族，不会是一个成功和优秀的民族。同样，一个没有英雄崇拜的时代，也不会是一个好的时代。良好的社会，都是建筑在英雄崇拜这个基础上的。我相信，无论何时何地，英雄总是受人崇拜的，将来也永远如此。

第四，即使是在今天的和平、幸福的年月里，我们也不要忘记那些为了国家、为了民族、为了家乡、为了孩子的和平幸福而英勇牺牲的先烈们，他们是永远值得后人怀念、尊敬的人！

第五，那些长眠在大地上的英雄们的无私情怀和高贵精神，就像矗立在蓝天下的高大的纪念碑一样，顶天立地；就像一颗颗飞向远方的蒲公英的种子，是永恒的、顽强的生命的象征。当新的春天到来的时候，它们又会开成一朵朵金色的小花，轻轻地摇晃着，默默地祝福每一个活着的人。

故事里的“小花”，当然是生活在今天的一个小朋友。那么，故事里老爷爷，为什么小花叫他“太爷爷”？哦，按照年龄推算，如果参加过抗日战争，老爷爷活到今天，一定是成了“太爷爷”，也就是小花的爸爸的爷爷了。

当我写“太爷爷”的时候，我很自然就想到了我的爷爷。爷爷年老的时候，也在家乡的山冈上，风雨无阻地守护着掩埋着他那些好兄弟、好儿子们的墓地。所以，我写这个故事也是有真实的故事原型的，我想让小朋友们看到和感受到真挚的感情、高尚的情怀和温暖的意境。

我也希望能用自己的故事来唤起人们对战争的反思、对和平的热爱。战争给人类带来的只有灾难和痛苦，战争给孩子们带来的只有惊恐和伤害。二十多年前我写过一首诗歌《呼声》，引用一个九岁的孩子写给当时的美国总统罗纳德·威尔逊·里根和苏联总统戈尔巴乔夫的信说："把世界变成火药桶是愚蠢的，请你们三思而行……"今天，我依然想用我的图画书告诉人们：把世界变成火药桶是愚蠢的，请你们三思而行。把世界变成花园吧，变成我们的母亲、父亲、所有的孩子和老人的乐园吧。我相信，这是我们每个人美好的梦想和心愿。

我写这本《纪念碑下的小花》，还有一个心愿，就是想告诉今天的孩子们，应该学会去了解祖辈和父辈们艰辛的经历，去敬重和赞美他们的光荣与梦想。

这个主题也让我想到了《我的爸爸是海盗》这本图画书。

这不是一本中国作家创作的作品，而是由意大利作家大卫·卡利（Davide Cali）创作、马乌里奇奥·夸勒罗（Maurizio Quarello）插图的图画书。它通过一个小孩子的视角和童年记忆，追寻、缅怀自己的父亲和爷爷那一代煤矿工人。他们在艰辛的岁月里，在远离家乡和亲人的地方，在地下几百米深的矿井深处，劳作、奋斗、创业，甚至要勇敢地面对矿场上的灾难、奉献出宝贵的生命。

这本书就像是一束献给父亲和父爱的玫瑰，像一首献给父辈的艰辛、光荣、奉献与梦想的赞美诗。

原本是一个讲述真实的现实生活，歌颂父辈们的劳动、创造、担当、奉献和梦想，富有真实的生活力量的故事，智慧的作家却从一个孩子的心理和想象出发，把故事讲述得犹如一个引人入胜的童话。

小小的孩子，在对爸爸的重新打量和认识中长大；在对父辈的艰辛、光荣的渐渐理解中长大。

这本图画书的结尾文字是这样写的：

**就在爸爸收到工友来信的那个晚上，我在地窖里找到一件东西。**

**出发前，我把它放进了行李箱。**

**这时，我爬到一座桁架的顶端，**

**在把那件东西掏出来以前，我向下看了一眼。**

**我的目光与爸爸的眼神交汇。**

**许多年后，我第一回再次见到记忆中的海盗爸爸。**

**原来他从来没有离我远去。**

这真是一个伟大的、富有感动的力量的结尾。我们从画面上看到了，父亲留给儿子童年时代的“那件东西”，是一面画着海盗图案的、正在高高的井架上迎风招展的旗帜。

它是父辈们曾经拥有的艰辛、光荣、奉献与梦想的象征，也是一个孩子灿烂的童年记忆与想象的旗帜。

父辈的故事，不仅教会了“我”去热爱和拥抱明天的生活，还要去热爱和理解过去的生活。

我们生活在其中的世界，或许仍然还有无数的艰辛、困苦、离别等待在我们的前面，但是，只有劳动和奋斗，才能够改变这个世界；也只有奉献和付出，才能创造出属于人类的幸福。

此外，还有一本获得2018年凯迪克大奖的图画书《爸爸的池塘》，是由两位美籍越南裔作者——作家丕宝和插画家裴施——共同创作的，讲述的是一个十分温暖又带着淡淡感伤的父辈故事。无论是文字还是图画，都来自两位作者童年里真实的生活经历与体验，所以，细小的成长纪事里，饱含浓浓的亲情回味；平静轻淡的叙述语调里，释放着感动人心的温暖与力量。大鱼在爸爸的池塘里闪光，但是，在淡蓝色的曙色映照的清晨，爸爸帮助小男孩看见的和感知到的，却是一个比安静的池塘要大得多的冷暖世界。

故事里的爸爸，是那样爱着儿子和家人，就像一棵大树，默默撑开自己的绿荫，庇护着全家人。他任劳任怨，辛苦工作，周六也不肯休息。他用自己的故事和行动，默默地影响着成长中的儿子。他给儿子讲自己小时候失去哥哥的不幸经历，教儿子在清冷的黎明里自己动手，收集干燥的小树枝生火，体会生活的不易。儿子在和爸爸去钓鱼的过程中，也一点一点地从各种细节里，体会到了爸爸的艰辛与伟大，懂得了一个男人对家庭应该负起的责任。故事并没有过度渲染爸爸那一代人在过去年月里所经受的战争、饥饿和背井离乡，但是读者不难体会，在儿子心中，其实已经有了“父爱如山”的敬重感。当他们钓完鱼要回家的时候，儿子已经有了这样的愿望：“我很想知道爸爸家乡池塘边的树林是什么样子。”这似乎也可以让我们联想到，年轻的一代人对自己父辈们所经受的苦难和艰辛、奋斗和伤痛，是愿意和渴望去了解和熟悉的。

《爸爸的池塘》这本图画书的动人力量，来自它写的是最真实的现实生活，而且是普通人的生活纪事。那些“雀斑一样暗淡的星星”，是悬在贫困人家的屋顶上的，因此并没有像我们通常所见的星星那样，闪烁着宝石一样晶莹的光芒；当父子俩离开池塘回家的时候，虽然新的黎明已经到来，新的一天的太阳已经升起，但是，从车窗外透进来的阳光，只是淡淡的、略带感伤的蓝色和灰色，而不是耀眼的金色。这是故事里的小男孩——同时也是这本图画书的两位创作者——童年记忆里真实的生活色调。正如文字作者丕宝所说：“这段经历并不怎么值得感激，但现在自己也做了父亲，我想对父母的奋斗表示敬意，也想对他们偶尔讲起关于战争，关于我们从哪里来的故事，包括那些死亡和暴力的艰难故事，表示感激。他们跟我分享这些故事，并不是为了吓唬或刺痛我，而是这些创伤是我们过去生活的一部分，他们想让我明白这一点。我怀着同样的心意，把我们的故事呈现出来，让它流传下去。”

dì shí bā táng

# 第十八堂

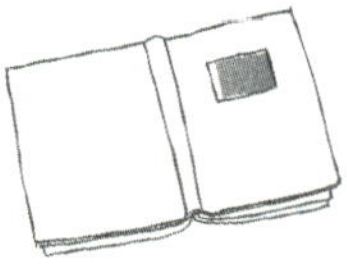

## 小径分岔的
## 故事草地

**我们深爱着这个世界，包括它的悲苦；我们深爱着每一天，包括它全部的艰难。**

《五颜六色的一天》是童话家汤素兰和青年插画家杨一合作的一本图画书，故事单纯、温暖：

一个名叫丽丽的小女孩，过年的时候收到了爸爸给她的一个红色蝴蝶结和一条红裙子。从此，红色成了丽丽最喜欢的颜色，她的凉鞋、草帽、雨靴、雨伞、杯子、小碗、枕头、被子、拖鞋……都是红色的。当她想念在远方城市工作的爸爸的时候，就用红色蜡笔描画她想象中的爸爸和城市。

有一天早晨，一只美丽的红蜻蜓把丽丽吸引到了一片长满了五颜六色的花草的山坡上。新鲜和开阔的天地使这个小女孩感到无比好奇和兴奋，她追寻着那只美丽的红蜻蜓，跑过明媚的绿草地，碰落了草尖上亮闪闪的露珠，碰落了灌木丛里的鸟窝，碰倒了五颜六色的小花朵，但她没有在意。

红蜻蜓飞过山坡，飞到小路那边去了。这时候，小女孩遇到了一位乡邮员叔叔。乡邮员叔叔给她送来了爸爸的一封信，告诉了她一个好消息：放暑假的时候，她可以和妈妈一起去城市里看爸爸了……

这个消息让小女孩高兴得手舞足蹈，沉浸在无限的喜悦

《五颜六色的一天》

汤素兰 / 著
杨一 / 绘
天天出版社
2017 年 1 月版

《五颜六色的一天》内页

之中。这时候小女孩再来打量身边的世界，忽然觉得，一切都变得格外明亮、友好和温暖！站在松树上唱歌的喜鹊，好像也在给她报喜；小池塘里的荷叶和荷花，向她敞开了美丽的怀抱；山坡上的每一朵小花，都仰着小脸朝她微笑；她看到了被她碰落的那个鸟窝里的鸟宝宝，并且小心翼翼地捧起它们，重新放回了鸟窝里……



回到家里，她把爸爸的信念给妈妈听。睡觉前，她忍不住又把爸爸的信看了一遍。这天晚上，她做了一个梦，梦见爸爸正用温暖的手臂紧紧抱着她……这时候，窗外橘黄色的月光下，五颜六色的花儿和小鸟也在做着自己的梦。

是的，是那只美丽的红蜻蜓，给小女孩送来了五颜六色的一天。

在这本图画书的许多页面上，那只美丽的红蜻蜓和小女孩如影随形，仿佛是一个美好的童年梦想的象征，在前方引导着小女孩奔向自己的幸福和快乐，也静静地见证着小女孩那小小的美丽心愿的实现。

然而，作家所讲述的这个故事的意味似乎还不止于此。我读这本图画书时的第一个直觉就是：除了单纯、快乐和温暖，这个故事似乎还散发着另一种芬芳。在小女孩跟着红蜻蜓跑过的草地和山坡上，还有一些分岔的小径，它们能把小读者引向更深远的地方去。

例如，从小女孩收到爸爸来信之后的心理变化和一系列与此前不同的举动里，小读者也许还能感受到一种感恩的芬芳。

再如，当美丽的红蜻蜓引导着小女孩走出小小的家门，奔向明朗开阔的原野时，她所看见的世界才变得如此丰富多彩、五颜六色，和她之前所拥有的单一的红色，完全不一样了！

又如，当你开始用美丽的眼睛去看周围的世界，用温暖的心去关注身边的花草和小鸟时，你所感受到的快乐和幸福，是不是也变得更加真切和完整了？

这是作家没有直接写出来的意思，但是仔细品味这个故事，我们完全可以感受得到。

就像藏在草地和山坡深处的一些新鲜的菌子，你也许找不到它们，但是菌子芬芳的气息会散发在空气里。

这是智慧的气息，是文学和诗意的芬芳。

因此，读着这本图画书，我不禁想到了国际安徒生奖获得者托芙·扬松的一个观念：在一本儿童书中，应当有一些什么东西是可以解释不清或不必图解的，应当让小孩们自己去想、自己去感受，应当“留下一条小径”，作家暂时在此驻足和停留，而让小孩们独自继续走下去……

在《五颜六色的一天》里，小女孩丽丽跟着那只红蜓蜻所奔跑过的，就是这样一条两边开满了野花，却又通往深远之处的小径。在这片小径分岔的草地和山坡上，作家悄悄停下了脚步，但是孩子们会沿着她留下的小径继续往前走。

《翼娃子》

刘洵 / 著·绘
明天出版社
2017 年 11 月版

在中国原创图画书中，能够既真实又富有艺术含量地讲好孩子们当下现实生活故事的作品，一直是比较稀缺的。由《五颜六色的一天》，我想到了另一本反映孩子当下生活的图画书：刘洵创作的《翼娃子》。

这本图画书讲述的是一个山村小孩翼娃子跟着父母来到城市生活的故事。父母在城里开了一个小吃店，翼

《翼娃子》内页

娃子就在小店里帮忙，一会儿去收拾客人用过的碗筷，一会儿去帮爸爸搬动一些小件的物品，然后还要写自己的作文。生活的沉重、苦涩和艰辛，让年纪小小的翼娃子早早地尝到了成长的滋味，也体会到了父母的不容易。但是，再苦再累的日子里，也还是有欢笑、有希望的。

父母用自己的辛勤劳动浇灌着一家人的希望之花：不仅仅是在大桥北边买一套新房子，更重要的是，翼娃子能够在城里好好上学念书，快乐地成长。翼娃子呢，每天也有一个最开心的时刻：小吃店打烊了，妈妈会带着他先回家去。和妈妈一起走在回家的路上，他觉得一切都是那么美好，街上的路灯、橱窗里的模特、匆匆驶过的公交车和火车……更重要的是，还有美好的明天，他们未来的日子。



对于质朴、纯真的山村孩子翼娃子来说，小吃店里的每一天又何尝不是“五颜六色的一天”呢！

在图画书的后环衬上，我们看到了翼娃子写的作文。从作文中我们看到了一个山村孩子心中的善良和纯真，看到了一颗感恩的心，还有一个孩子小小的希望：

“……我和爸爸来南京那天，叔叔家的母猪正在生小猪，所以他们一家不能来送我，堂弟把他最喜欢的玩具恐龙送给我，爷爷奶奶和大花（一只花狗的名字）送我们送出了好远，奶奶哭了，我们上车以后，大花还跟着车子跑了好一会儿。下个月就要过年了，爸爸妈妈会带我回老家，我真高兴！”

这篇作文在图画书中的“植入”，使这个故事更温暖，也有了更真实感人的力量。

在中国大大小小每一座城市里，都生活着很多像翼娃子和他的爸爸妈妈这样的家庭。每个人都在太阳升起之前就早早地起床，开始一天的劳作。“我们被生活裹挟着上路，生活的火车悬空着驶过，驶向更好的未来。”

这本图画书的作者刘洵，正是被这种真实的、平凡的生活细节感动，而写出和画出了这样一个真实、温暖得有点热气腾腾的故事。

刘洵是生活在南京的一位女艺术家。读完她写的这个故事，我想到了同样生活在南京的一位女作家黄蓓佳说过的一段话：

“我不是为了‘关注弱势群体’。绝对不是。我没有任何资格站在某种位置上‘关注’这些孩子们。我对他们只有喜爱，像喜爱自己的孩子一样。……世界上所有的孩子，都是上帝赐给我们的宝贝。去爱他们。去关心他们。去把他们抱在怀里，亲吻他们，心疼他们，给他们空间，让他们长大。”

我想，刘洵创作《翼娃子》，一定也是出于这样一种母性的、温暖的情怀。

无论生活怎样苦涩与艰辛，毕竟还有一些我们爱的事物，是能够用我们的双手和心灵把它们保存下来的。我们珍爱自己的城市，怀念自己的故乡，在每一天太阳落山的时候，对明天充满最大的希冀。我们深爱着这个世界，包括它的悲苦；我们深爱着每一天，包括它全部的艰难。

只有怀着这样的感情去面对生活，我们才能真正拥有五颜六色的每一天。

dì shí jiǔ táng

# 第十九堂

## 喜气洋洋的图画书

**以幽默、轻松的风格来讲故事，让小读者感受到一种恣意、烂漫和无拘无束的童年的快乐。**

前面讲到过秦文君和刘洵合作的图画书《好像》。如果说《好像》是可以给读者带来大气象、大智慧和大感动的抒情图画书、哲学图画书，那么，秦文君的《奶奶家的大猫和小猫》和《香喷喷的节日》，则是以幽默、轻松的风格来讲故事，让小读者感受到一种恣意、烂漫和无拘无束的童年的快乐。

先说《奶奶家的大猫和小猫》。

两只小猫或者两只小狗互不相让、互相排斥的情景，我们平时不难见到。这也会让我们联想到小孩子天性中乃至成人世界中的自私、狭隘与盲目等弱点。但是，无论是小猫们还是小孩子们天性中的弱点，都不是不可改变的。所谓“成长”，就是每天改变一点点，每天一小步一小步地向前走去，渐渐能够宽容和接纳他人，也渐渐完善自己。两只小猫最后可以握手言欢、友好相处，不也让我们看到了成长的不易、成长的乐趣和成长的美好吗？

《奶奶家的大猫和小猫》

秦文君 / 著
弯弯 / 绘
明天出版社
2015 年 12 月版

关于这个故事对小孩子会有怎样的启迪，秦文君在她的创作谈里说得很好：“我愿小读者拥有公平的心，善意的眼光，因为看出去是花，对自己好，对

《奶奶家的大猫和小猫》内页

别人也好，能获得幸福感。而看出去都是刺，往往会束缚自己，毁坏和谐的生活。”明亮的“文心”，像屋顶上的阳光一样照亮了这个快乐的故事。

细心的小读者请一定不要忽略一个小细节，那就是插画家弯弯在这个故事里添加了一个可爱的小角色——一只出没在奶奶家各个角落的小壁虎。小壁虎是个无声的旁观者，也是两只小猫的故事的见证者，就像阅读故事的你、我、他。因为有了这只时隐时现、好像在玩捉迷藏的小壁虎，我们阅读这本图画书时，就又多了一些快乐的趣味。你难道没有感觉到吗？



《香喷喷的节日》则是另一种“喜气洋洋”风格的图画书。

那些满版和跨页的画面，充满了繁复的细节，洋溢着热闹的气氛，让我们看到了在不为人知的小老鼠的世界里，也有他们自己的期盼、喜悦、等待、担忧、伤痛和怡怡的亲情。

这个故事在喜气洋洋的背后，也无声地流淌着一种淡淡的忧伤，使人想起诗人约翰·多恩的那首被人传颂的诗歌：“没有谁能像一座孤岛，在大海里独踞。每个人都像一块小小的泥土，连接成整个大陆……任何人的灾难都会使我蒙受损失，因为我包含在人类之中。”

记得冰心奶奶有一次见到一只出来觅食的小老鼠，不幸被人给踩死了。冰心奶奶说：“你们想过没有，等天色晚了，小老鼠还没回家，小老鼠的妈妈在家里该多着

《香喷喷的节日》

秦文君 / 著
徐晓璇 / 绘
明天出版社
2015 年 12 月版

《香喷喷的节日》内页

急哪！”

我想，秦文君写这个故事时，一定也是怀着和冰心奶奶同样的感情。“只要亲人平安，伤痛和创伤很快会愈合。能在一起团聚，有爱的光辉照拂，不孤独，会安心啊。”“节日，亲人，厮守，团聚，相爱。在一起，在一起，感恩吧，相伴吧。”她是这样想的，因此，故事里自然而然地就流淌出这样一些真挚而有温度的感受：

“美好的节日，能和亲友一起度过，那是香喷喷的事情呀。”

“我们是一家人，……能想着彼此，最好。”

“亲人，就是谁也舍不得不顾谁呀。”

“米尼忍不住和爸爸妈妈抱在一起……他好庆幸，自己是一只幸福的老鼠。”

而且，作家最满意的描写就是：没有一只老鼠不愿意等待自己的亲人。

幸福的家庭都是相似的，不幸的家庭却各有各的不幸。故事里的老鼠叔叔遭遇的不幸和伤痛，不也是我们每个人和我们的家人在生活中可能遭遇的伤痛吗？因此，我们不能简单地把这个故事当成一个快乐的童话来阅读。想象一下，小老鼠们的节日就是我们的节日，小老鼠们的家就是我们的家，小老鼠们的生活就是我们自己的生活吧。

正如插画家徐晓璇所希望的那样：爱与想象，会吸引我们沉浸在这个老鼠王国；也是爱与想象，让我们对小老鼠米尼和他的家人付出自己的担忧，也分享他们的欢乐。

dì èr shí táng

# 第二十堂

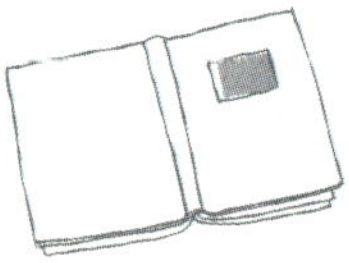

团圆的节日，感恩的节日

**在心中默默感恩大地母亲给予我们的瓜果、稻菽和其他各种收成，感恩大自然赐予我们一个桂花飘香的节日！**

一轮又圆又大的、金黄色的月亮静静地升起来了。老爷爷，老奶奶，还有他们的儿子、媳妇、孙女，一家人温馨地坐在飘着淡淡花香的桂花树下，吃着老奶奶亲手做的桂花糕和桂花果仁馅儿的月饼。

吃完饭，一家人又围坐在秋风习习的院子里，一起欣赏着美丽的中秋月。当然啦，这时候，老爷爷老奶奶还会给小孙女讲一讲嫦娥、玉兔和蟾宫里的桂花树的故事……

《过中秋》

汤素兰／著
陈香果／绘
中国少年儿童出版社
2016 年 8 月版

汤素兰创作、陈香果绘画的图画书《过中秋》，讲的就是中国最古老、最美丽的传统节日之一——中秋节。

高高的、皎洁的月亮，给人类带来了多少美好的遐思和梦想啊！

两千多年前，中国伟大的浪漫诗人屈原仰望着天空中的一轮皓月，禁不住生出种种憧憬和遐想，曾经这样发问：“夜光何德，死则又育？厥利维何，而顾菟在腹？”

意思是说：月亮究竟具有一些什么德性，为什么能够缺了又圆、死而复生？它又是为了什么，要把小小的蟾蜍养在自己腹中？诗句里的“顾菟”，指的就是蟾蜍。

在中国古代神话里，遥远的月亮上，也蒙着一层关于蟾宫、玉兔、吴刚、嫦娥和桂花树的美丽面纱，给人们，尤其是给孩子们带来无尽美丽的想象。

中国人过中秋节赏月，都和这些美丽的传说有关。也就是说，中秋节不仅是一年四季里的一个自然节日，也是一个凝结着古老的传说故事，蕴含着中国人美好梦想和情怀的节日。

有意思的是，这本图画书在讲述老奶奶一家人过中秋节的时候，还同时讲述了另一个完整的故事：一只可爱的小老鼠也邀请了自己的朋友们，一起来过中秋节。

当老爷爷老奶奶为家人准备桂花糕、月饼的时候，小老鼠也在为朋友们精心准备着过节的点心；金色的月亮升起的时候，小老鼠在急切地等待朋友们的到来；当夜深人静，老奶奶一家过完了中秋节，幸福地进入梦乡的时候，小老鼠和朋友们也在圆圆的月亮和高高的桂花树下，分享着节日的快乐、彼此的友谊和大自然赐予的各种食物。

不知不觉，月亮西斜了，东边的天空中泛出了鱼肚白的光。

"哎呀，天要亮啦，咱们该走啦!"

于是，小老鼠的朋友们跟小老鼠道了别，并且开心地约定："明年中秋见!"

小老鼠的朋友们走了，但是给老奶奶一家留下了野花、胡萝卜和松果，留下了他们小小的爱心和奉献。

小老鼠真心地说："只要你们喜欢，我明年再送给你们!"

只可惜，小老鼠的声音太小了，老奶奶一家人没有听到。

但是我相信，小老鼠的话，每一个小读者都听到了。

所以，读着这本图画书，我还体会到了作家的另一层意思：中秋节来临的时候，也正是一年中秋高气爽、瓜果成熟的季节。当老奶奶一家人幸福地团圆在一起，说说笑笑地享受着天伦之乐，品尝丰收的瓜果、美味的月饼的时候，当小老鼠和他的朋友们相聚在一起，分享着彼此的友谊和大自然赐予的各种食物的时候，谁能说，这不是一个感恩的节日呢?

大家不仅会在心中真挚地感恩自己的家人和朋友，还会在心中默默感恩大地母亲给予我们的瓜果、稻菽和其他各种收成，感恩大自然赐予我们一个桂花飘香的节日！

同样是讲述中国传统节日中秋节，还有一本原创图画书，曾被评选为2015年“中国最美的书”，这就是由著名儿童文学作家、诗人金波创作文字，赵希岗绘画的《兔儿爷丢了耳朵》。

《兔儿爷丢了耳朵》

金波 / 著
赵希岗 / 绘
中国少年儿童出版社
2015 年 9 月版

兔儿爷是老北京的泥塑艺人选用精致的黄土做出的一种有着长长耳朵的彩绘泥塑小兔。传说中秋节的夜晚，月亮上会出现高大的桂花树、美丽的仙女嫦娥，还有在桂树下捣药的小白兔。兔儿爷，原本是过去人们在中秋节祭拜月亮时用的祭品，现在它们成了小孩子特别喜爱的泥塑玩偶和节日礼物。

中秋节到了，小男孩从老祖母那里得到了一个可爱的玩偶兔儿爷，可是不小心把兔儿爷的长耳朵摔掉了一只，怎么找也找不到了。可那是他最心爱的东西啊！他的奶奶，还有月亮上的玉兔们，都在帮助这个孩子寻找他失去的东西……

一个多么纯真和温暖的故事啊！小男孩和老祖母之间的怡怡亲情，小男孩

《兔儿爷丢了耳朵》内页

《兔儿爷丢了耳朵》内页

对遥远的夜空、金黄的月亮、快乐的白兔们的想象和期待，以及由此带来的友爱、信任和默契……都在寻找的过程中得到了表现。故事虽然简单，但是仔细回味你会觉得，这个故事里也蕴含着现实与梦幻、人世间与大自然、纯真的童心与辽阔的世界之间美好的和谐关系。



那只失去的兔儿爷的耳朵，也许就像我们曾经失去和忽略了的亲情、梦想与美好的传统，只要寻找，就能寻见；只要加以珍惜和爱护，就会变得圆满。因此也可以说，在这本图画书里，作家不仅仅是在给孩子们写一个中秋节和兔儿爷的风俗故事，他还在向小读者展现一种温暖的中国情怀，讲述一个瑰丽的中国梦想。

唐代诗人王建写过一首吟咏中秋的诗《十五夜望月寄杜郎中》：“中庭地白树栖鸦，冷露无声湿桂花。今夜月明人尽望，不知秋思落谁家。”中国有自己美丽的节日习俗，中国也有自己温暖的节日情怀。我想，阅读这两本讲述中秋节故事的图画书，小朋友们一定能体会出其中的感恩情怀。

dì èr shí yī táng

# 第二十一堂

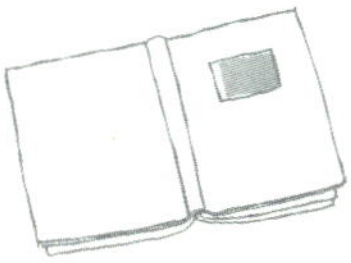

## 童年的失去与获得

或许，每个人的童年里都曾有过一把难忘的红雨伞，都曾有过一些像“雨伞树”一样的梦想和心愿。

2018年新年到来前夕，由俄罗斯联邦大众传媒与出版局、莫斯科艺术家协会图画艺术联盟等机构共同创办的“俄罗斯图画书奖”揭晓。中国儿童文学作家白冰创作文字、李红专绘画的原创图画书《雨伞树》获得最佳插画奖。这是中国原创图画书在国际图画书界获得的又一殊荣。

《雨伞树》是一支纯美的梦想之歌，也是一个闪耀着明亮的诗意，飘散着分享与感恩的情感芬芳的童话。

《雨伞树》

白冰 / 著
李红专 / 绘
中国少年儿童出版社
2016年4月版

那两只又憨又萌的熊猫瓜瓜和丫丫，让我们想到每一个正在成长的孩子，以及孩提时代的你和我；那把很旧很旧的红雨伞，让我们想到童年时曾经拥有过的最心爱的东西，包括妈妈的爱，还有小小的梦想和心愿。小熊猫在寻找他们失去的红雨伞，红雨伞也在想念两只小熊猫，以及和他们亲密无间的时光……一个关于童年时代的失去和获得的纯美故事，在作家清丽的小溪流似的浅语里缓缓流淌着，呈现出一种淡淡的、富有抒情意味的散文诗风格。

这个故事源于白冰小时候的真实经历。

一把红色油纸伞，曾经是他童年里的妈妈的象征，也是经常陪伴着他的一个朋友。后来，红雨伞失去了，再也找不到了，就像每个人的童年时代，终归是要离我们远去的。但是，小时候他却幻想过：要是把雨伞插在土里，它也许会变成一棵“雨伞树”，长出无数红雨伞来。这个美丽的心愿，从小时候起一直萦绕在他的脑海，珍藏在他的心间。

终于有一天，他在路边散步时，看到一棵树的枯枝上，盛开着一朵红雨伞一样的小花。于是，那一瞬间时光重现，灵感降临，他又想起了小时候的红雨伞，和小时候有过的“雨伞树”的愿望……

《雨伞树》内页

这个美好的故事的来龙去脉，本身也是十分感人的，并且给我们带来启示。是的，每个人小时候的梦想和心愿，还有他小时候读过的书，似乎都带有预言意味，都可以预示着未来的种种，就好像占卜师能从小小的纸牌中看到未来一样。也就是说，这些梦想、心愿和书，会影响这个孩子的未来。因此，对每个孩子来说，有些梦想、心愿和书，童年时拥有过、读到过、听到过，也就是永远地拥有了、读到了和听到了；相反，童年时空缺了、错失了、省略了，也可能是永远地空缺了、失去了和不再拥有了，这可能会成为一个人终生的缺失和遗憾。

故事最后，童年的梦想开成了鲜艳的小花。那把失去的红雨伞真的变成一棵“雨伞树”。两只小熊猫也重新找到了失去的红雨伞。这时候，红雨伞以为自己在做梦，可是，她分明又感觉到了熊猫脸蛋的温暖。当她晃了晃自己的枝丫，摇落了更多的小红伞时，她的爱、她的心灵的天地变得更加丰富和阔大了；而曾经失去的东西，又以新的形式和姿态回到了瓜瓜和丫丫身边。“雨伞树”用自己的小红伞为他们遮挡阳光，他们幸福地依偎在“雨伞树”下，身边落满了更多小红伞……我们想象一下，这个时刻，无论是熊猫还是“雨伞树”，想必都已经长大了！

金波先生是这样解读《雨伞树》的：

“这是一个丢失与寻找的故事，也是一个分别又重逢的故事，还是一个残损与新生的故事。无论从哪个角度去理解，一切美好的转化都是因为爱的力量。”

是的，心中有梦，就会开花；只要寻找，就能寻见。或许，每个人的童年里都曾有过一把难忘的红雨伞，都曾有过一些像“雨伞树”一样的梦想和心愿。重要的是，你是否一直在心中珍藏着它、守望着它呢？

dì èr shí èr táng

# 第二十二堂

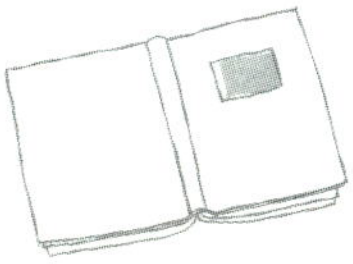

## 一任天真的童年美学

他们坐在夜的道路上，倾听着星星的话语，以及田野和树木的言谈，守望着自己心灵中的萤火飞舞的童年。

在2017年度“中国最美的书”评选中，有25种图书荣膺“中国最美的书”称号，并代表中国赴德国莱比锡参加2018年度“世界最美的书”评选。入选的童书只有两种，都是图画书，实属不易，也当之无愧。一种是杨思帆创作的《错了？》，另一种是一套六本的《中国绘·诗韵童年系列》。



《错了？》我们在第一堂课里已经欣赏过。现在来欣赏《中国绘·诗韵童年系列》这套图画书。

《有一片绿叶沉默不语》

金波 / 著
梁培龙 / 绘
新世纪出版社
2017 年 10 月版

“中国最美的书”评委会对这套书的装帧设计和内文图画的评语是：“护封的动物形态模切凸显了封面上的书名，配合烫银手法，营造出童话趣味和现代气息。以水墨绘制插图，生动活泼，使儿童读者易于接受。书页上有文字作为装饰，各个分册都有不同的基本色调，时尚靓丽。”

“中国绘”是新世纪出版社近些年来不断追求创意推出的一个“最美的”原创图画书系列。无论是风俗故事、传统童谣，还是短篇童话、儿童诗、童话故事诗，都呈现出浓郁的中国情怀和中国韵味。“中国绘”的文字作者有很多，故事和诗歌的主题各有不同，但这套图画书的绘画者自始至终由儿童水墨画家梁培龙先生一人担当，这在近二十年来中国原创图画书历史上，也是罕见的一例。所以，我们这堂课主要不是欣赏儿童诗歌，而是欣赏梁培龙的水墨儿童画。

《螃蟹踩浪花》

林良 / 著
梁培龙 / 绘
新世纪出版社
2017年10月版

梁培龙是一位集中国水墨画创作家、儿童美术教育家、童书编辑出版家和图画书作家于一身的艺术家，出版过《儿时的歌——梁培龙水墨画集》《童年的梦——梁培龙画集》《梁培龙水墨儿童画选》《水和墨的故事》等个人画集，还编辑出版过500多种各类童书。他的作品曾在意大利、捷克斯洛伐克、泰国、日本、美国、澳大利亚、加拿大、新加坡、韩国等许多国家和地区参展。梁培龙也在国内外举办过20多次个人水墨画展。他凭着自己的儿童题材绘画作品，曾13次入选全国美展，被公认为新中国成立以来“中国儿童题材画十大家”之一。

我从20世纪80年代就开始迷恋梁培龙的水墨儿童画，可以说是他三十多年的“粉丝”了。他的儿童画曾经给过我许多创作灵感，唤起过我的创作激情。

透过明媚、温润的南国田野生活风情，他的水墨画不仅从各个角度和全方位的视野上表现了一代代赤足儿童真实、自然、自在和恣意的童年生命状态，

《螃蟹踩浪花》内页

**《大象法官》**

高洪波 / 著
梁培龙 / 绘
新世纪出版社
2017 年 10 月版

也以淡雅、明净、抒情的水墨意境，呈现了一种无拘无束、一任天真的童年美学。童心的纯洁、好奇与烂漫，生活和时光的流动与多变，世界与未来的宽阔与多元……都在画家的追忆、寻找与寻见中得以展开和复现。这也是梁培龙为“中国绘”这个原创图画书系列所奠定的独一无二的、极具个性的艺术标识。

西方有人评论象征派诗人兰波时，说过这样一句话：“所谓诗人，就是要看谁是可以回到童年的一种人。”童话大师林格伦也有一句名言：“世界上只有一个孩子能够给我以灵感，那就是童年时代的我自己。……‘那个孩子’活在我的心灵中，一直活到今天。”把这两句话用在梁培龙身上，也无不可。

阅读和欣赏梁培龙的水墨画，我会强烈地感受到，他是一位真正能够“回到童年”的艺术家，一位用水墨画来写诗的“抒情诗人”，而能够给他送来最好的创作灵感和最饱满的创作激情的，也许不是别的，正是他心中的“那个孩子”。“水墨童年”是梁培龙画不尽的童年之爱和纯真的生命之美，也是他剪不断的田园之梦和心中的乡愁。



《中国绘·诗韵童年系列》编选了六位来自中国大陆和台湾地区的知名诗人

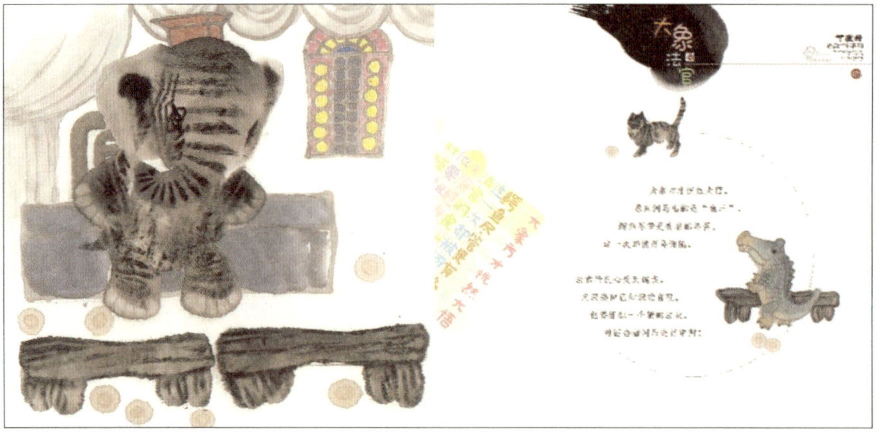

《大象法官》内页

的名作和新作，包括金波的《有一片绿叶沉默不语》、林良的《螃蟹踩浪花》、高洪波的《大象法官》、林焕彰的《两朵会跳的云》、樊发稼的《雨中的歌》和徐鲁的《桃花小鱼》。金波的优美婉转，林良的单纯明快，高洪波的幽默诙谐，林焕彰的奇思妙想，樊发稼的情理并茂，徐鲁的诗意叙事，六位诗人的童诗题材各异，风格也自具个性，但都富有烂漫童趣和中国韵味。梁培龙以他淡雅而丰盈的水墨画风，与六位诗人的童诗相互唱和，有如一曲曲明丽、清新的叶笛和悠扬、抒情的田园牧歌，让读者跟着一群群一任天真的赤足幼童，沿着河畔、田埂和小木桥，重新回到了一种诗意童年的意境里。

**《两朵会跳的云》**

林焕彰 / 著
梁培龙 / 绘
新世纪出版社
2017 年 10 月版

**《雨中的歌》**

樊发稼 / 著
梁培龙 / 绘
新世纪出版社
2017 年 10 月版

梁培龙是一位富有中国传统文化和美学底蕴的艺术家，他的水墨画里有十足的中国韵味，色渗于墨，墨化于水，水润于纸，虽积染千层，仍墨气淋漓。山之脉迹，水之源流，云烟出没，林木扶疏，隐约断续，浅淡幽深，中国水墨和墨彩艺术在他的笔下，如同云烟出岫，千变万化，而皆法备气至，极具中国传统水墨的意境和意趣之美。同时，他又善于把中国童年和中国故事化为一种现代表达和世界语言。他的水墨童年里，不仅有唐宋诗人笔下的那种“茅檐低小，溪上青青草。……大儿锄豆溪东，中儿正织鸡笼。最喜小儿亡赖，溪头卧剥莲蓬”的山野村童的形象，也有现代诗人笔下的“我的心里，住着一群快乐的小鸟，会飞，会叫，也会笑”的新新人类的童年生活细节。

因为细致地洞察了童年的许多秘密，用美丽的眼睛看世界，以纯真的儿童视角观察生活，他的水墨儿童画里呈现的是一种人类共同的童年美学和童年梦想，是带有普遍和永恒价值的儿童情感世界，一瞬间就能触动人类心灵中最敏感和最柔软的部分。

《桃花小鱼》

徐鲁 / 著
梁培龙 / 绘
新世纪出版社
2017 年 10 月版

当世界迈着匆匆的步履，越来越快速地远离和终结自己的童年，以至于让人不能不痛心疾首地感到“童年的消逝”的时候，艺术家和诗人却不忘初心，一任天真，共同担当起“童年守护者”的角色，就像加斯东·巴什拉（Gaston Bachelard）在《梦想的诗学》里所描述的那一类诗人和艺术家：他们坐在夜的道路上，倾听着星星的话语，以及田野和树木的言谈，守望着自己心灵中的萤火飞舞的童年。

dì èr shí sān táng

# 第二十三堂

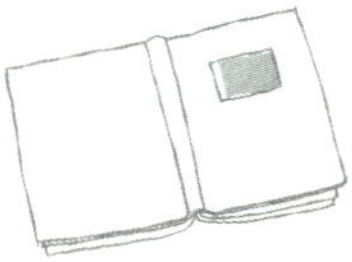

节日风俗故事里的
爱与美

无数密集的细节都在无声地散发着农家日常生活的芬芳，让读者充分地感受到洋溢在古老的腊八节里浓浓的爱与美。

中华民族自古以来经过一代代人传承，流传下来许许多多古老而美丽的民间节日。这些传统节日几乎贯穿了一年四季中的十二个月。仅仅是汉民族的节日，就有春节、元宵节、清明节、端午节、七夕节、中秋节、重阳节、冬至节、腊八节，等等。中华民族又是一个多民族的大家庭，每个不同的民族又有各自丰富多彩的节日，如果把56个民族里所有的民间节日都罗列出来，那几乎就是一部小百科全书了。



每个传统节日的背后，都有一些美丽的传说。毫无疑问，这些传说里不仅记录着不同民族、不同地域、不同时代的民间风俗和文化传统，也包含着是非分明的价值观和道德观，滋养着一代代人的善恶感、同情心与想象力。它们是真正的中国故事，散发着中国情怀和中国传统美德的芬芳，为中国历代文人乃至今天的原创图画书创作提供了丰富多彩和取之不竭的故事资源。从近些年来出版的中国原创图画书中我们可以看到，有关中国民间传统节日、节气的风俗故事，是很多作家和画家们喜欢表现的题材。

这一堂课，我们以插画家朱成梁创作的，中国北方和南方过腊八节的故事为例，来谈谈中国节日风俗故事里的爱与美。

腊八节是我国的一个历史悠久的民间节日，即每年农历腊月初八。这天，家家户户会用熬腊八粥、蒸腊八饭、腌制腊八蒜等方式欢度节日。有的地方还会敲锣打鼓欢庆节日，腊八节的锣鼓被称为“腊鼓”。

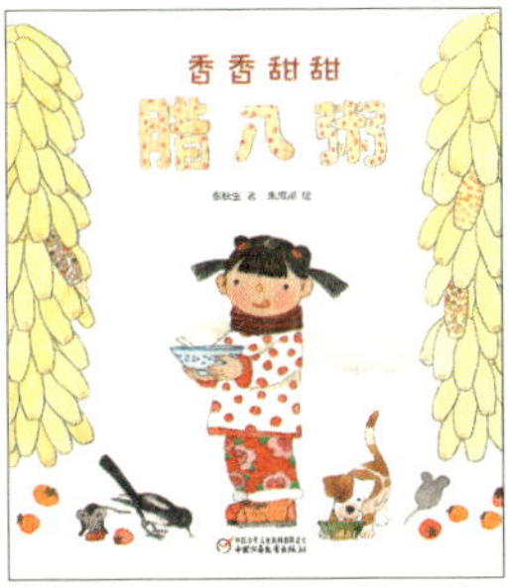


《香香甜甜腊八粥》

张秋生 / 著
朱成梁 / 绘
中国少年儿童出版社
2017 年 1 月版

童话家张秋生创作、朱成梁绘画的《香香甜甜腊八粥》这本图画书，讲述的就是中国北方一个小山村里的小女孩嫣儿跟奶奶、妈妈过腊八节的故事。郑春华创作、朱成梁绘画的另一本图画书《屋檐下的腊八粥》则以一只小燕子的视角，讲述了中国南方人家过腊八节的故事。

在《香香甜甜腊八粥》里，一大早，小女孩嫣儿就帮着奶奶忙活，在大柿子树下准备熬腊八粥。

腊八粥，当然是只有腊月初八才能熬的，得有八样东西，可以是大米、小米、高粱米、红枣、红豆、栗子、核桃、花生、玉米，等等。熬好的腊八粥，除了自家人分享，还应该分给邻居、供养先人、散给小动物们。你们看，在故事里，嫣儿就用小篮子拎着腊八粥，给村里几位年龄大的爷爷和奶奶送去。

我小时候曾听爷爷说过，腊八粥不光是熬给人吃的，家里的马、牛、羊、

《香香甜甜腊八粥》内页

猪、狗、鸡、鸭、鹅等，都得有一份。这是因为，传说腊八节这天，玉皇大帝要派牛魔王、天蓬元帅下凡来，专门查看各家有没有善待牲畜家禽。如果牛魔王、天蓬元帅看到自己的同类也和人一样吃着腊八粥，便会很满意地回到天上去，让玉皇大帝多多降福给人间。这当然只是民间传说而已。不过从中可以看出乡下人对牲畜家禽的感情。它们对我们乡下人恩重如山，我们也总是把它们敬为上宾。

所以在这两本图画书里，我们看到了许多小动物：狗、猪、羊、牛、狐狸，甚至还有好多小老鼠和小鸟，都分享了腊八节的快乐。在《屋檐下的腊八粥》里，胖婶家熬好了腊八粥后，那个小男孩把窗外的小燕子也请进了温暖的屋子里，让小燕子一起分享腊八节的美食。

《屋檐下的腊八粥》

郑春华 / 著
朱成梁 / 绘
少年儿童出版社
2013 年 6 月版

从这些故事细节里不难感受到，腊八节其实也是一个包含分享、感恩、亲情和爱的节日。何止是腊八节呢！中国许多传统节日，例如春节、元宵节、七夕节、中秋节、重阳节，等等，都与分享、感恩、亲情和爱有关。正如郑春华在故事后面写的一段“创作谈”里所说：其实，今天在那些民间节日里，“吃什么已经不重要了，重要的是通过这种方式将家庭成员聚集在一起，共同用亲情去抵御生活中的寒流”。这些“家庭成员”，除了人类，当然也包括生活在屋檐下，与人类朝夕相处的小燕子一家，还有与人类不离不弃的狗、猫、猪、牛、羊、驴、鸡、鸭、鹅等牲畜和家禽。

朱成梁是一位善于发现独特的生活细节、十分讲究细节表现的艺术家。同样是奶奶和妈妈的形象，同样是一户农家小院，一看《香香甜甜腊八粥》里的人物服饰、房屋样式和农家小院里的陈设，你就会知道，这是典型的北方的农家小院，例如冬天里挂满通红柿子的柿子树，对着红高粱的石头墙壁，被大雪覆盖的冬日的村庄，等等；一看《屋檐下的腊八粥》，你就明白，这是江南农村的人家，例如胖婶的印花蓝布的包头巾，挂在墙壁上的斗笠、蓑衣和插秧时使用的农具，还有小小的竹椅子，等等，都是江南特有的物品。两本图画书里的两个农家小院，都充满了浓郁的生活气息，无数密集的细节都在无声地散发着农家日常生活的芬芳，让读者充分地感受到洋溢在古老的腊八节里浓浓的爱与美。

关于腊八节的起源，我在一本专门谈论民间风俗的书中，看到过这样一个有趣的故事：

明朝皇帝朱元璋小的时候，家里很穷，常常忍饥挨饿。有一次，他和一群放牛娃到一个庄子里去偷东西吃，东找西找，却什么也找不到，折腾了半天，只在瓦罐下发现了一个老鼠洞。听说老鼠洞里常藏有粮食，他们就挖呀挖呀，终于挖到了一个很富足的鼠仓，里面有大米、豆子、粟米、红枣。于是他们就把这些东西都拣到了一个瓦罐里，在野地上架起石灶熬了一罐粥。当时肚子实在饿狠了，所以这顿粥的滋味比什么都香甜。

后来，朱元璋做了皇帝，不用说，天天吃的是山珍海味。可是，好东西吃腻了，他便又想起当放牛娃时吃的那罐粥来了，于是就吩咐厨子们把杂七杂八的粮食合在一起，又熬了那样一锅粥。那天正好是腊月初八日。朱元璋于是就给这种粥起名叫“腊八粥”，并吩咐下去，家家都照着这个样子做起来……

只是不知道，当朱元璋坐在龙殿吃着御厨做的腊八粥时，是不是还像当年那样津津有味。

童年里的所有故事和书都是种子。未来的花朵和果实里有的，种子里早已有了。当然，童年时代应该多读什么书也是一个问题。对此，我的一个基本认识就是：不熟悉自己的家园、文化和根脉的人，对全世界也将是陌生的。一个在中国大地上长大的孩子，怎么可以不去知晓、不去了解那些古老的中国故事？怎么能不去熟悉自己的文化根脉？这也是这两本关于中国传统节俗的图画书带给我的一点启发。

中国民间还有一个说法：一进腊月的门儿，就算是迈入了新年的门槛。你们听，在《香香甜甜腊八粥》故事的结尾，小女孩嫣儿和村里的小伙伴们迎着飘舞的雪花，唱着一支古老的童谣：

“小孩儿小孩儿你别哭，过了腊八就杀猪；小孩儿小孩儿你别馋，过了腊八就是年……”

是啊，腊八节到了，离小孩子们盼望的新年就不远了。而我们的24堂原创图画书欣赏课，也只剩下最后一堂了。

dì èr shí sì táng

# 第二十四堂

冬夜说书人
与远去的火车

故乡的说书人远去了，很多孩子都跟着大人进入大大小小的城市生活去了，小山村变得越来越冷清了。

24堂原创图画书欣赏课快要结束的时候，又一个冬天也来临了。

这时候，在北方，我的故乡胶东半岛，正在飘落今年的第一场雪。雪花轻轻地落啊，落啊，落在村外高高的山坡上，落在深深的河谷里，落在空旷的田野上，落在小河边的水磨房和停止了转动的风车上，落在村边的谷场、草垛和电线杆上，落在静静的碾台上……不到半天时间，洁白的雪就盖住了小村里所有的屋顶。

这时候，在我们的小村里，在一阵阵淡蓝色的炊烟里，家家都会炒着香喷喷的冬米糖。糯糯的、甜甜的冬米糖，一夜间就会甜透整个冬天的农家的梦。

诗人说："冬天既然来了，春天还会遥远吗？"我想象着，伴随着时光的脚步，新的春天又会悄悄来到我们身边。新的时代会带给我们新的希望，也带给我们新的梦想。

冰心老人曾说："童年呵！是梦中的真，是真中的梦，是回忆时含泪的微笑。"现在，我早已长大。长大之后我才真切地体会到，小时候一点一滴的美好记忆，小时候所感知的那些小小的温暖和快乐，就像一支最温暖的歌，给我们带来新的热情、希望和力量，并且让我们对那远去的时光，对身边的世界，永远怀着感恩的心。

那么，最后的一堂课，我来讲一讲我自己创作的两本童年题材的图画书新作:《冬夜说书人》和《远方》。

有人问过《雪人》的作者、英国图画书作家雷蒙·布力格（Raymond Briggs）：你写《雪人》，想传达一种什么样的信息和感受？

《冬夜说书人》

徐鲁 / 著
王祖民、王莺 / 绘
明天出版社
2017 年 11 月版

布力格回答说，雪人代表走过我们生命的一些不同寻常的人，我们意外相逢，立即就很喜欢他们，比如我们的亲人长辈。无奈他们总有离我们而去的一天，去到另一个地方，甚至去了另一个世界。——就像雪人，总会融化的。虽然我们没有办法永远留住他们，但是，童年的所有美好回忆，乃至日后的美好片段，有一些是能够经受住漫长生活道路中许多波折和考验而留存下来的。

我的《冬夜说书人》想要表达的，也是这样的感受。那些冬夜说书人，就是我心中的“雪人”。

这个故事写的是我童年时代真实的经历。那时候，一进腊月的门儿，所有的农活儿都忙完了，村里的大人和小孩就开始盼望着，说书人快要来了。我还时常爬到村口的那棵老枣树上去瞭望。

那个总是穿戴得整整齐齐、干干净净的小小说书人，乡亲们都亲切地叫他“小瞎子”的孩子，一直活在我的记忆里，从来也没有离开过。

而且从那时候一直到现在，我都觉得，这些冬夜里的说书人，真的是一些了不起的人！他们虽然看不见任何东西，但是他们每天都把自己收拾得清清爽爽，是一些生活得清清白白的有尊严的人。

我写这个故事，一是怀念小时候在小山村漫长的冬夜里，这些说书人带给我们山村小孩的温暖、欢乐和梦想，带给乡亲们的人情怡怡的祥和气氛；二是为“小瞎子”小光和他的师父们“清清白白对人生”的尊严，唱上一支小小赞歌。残疾的只是他们的眼睛，他们的心灵和生命却是完整、高贵的。他们的故事，也使我更加真切地理解了同样是一位盲人的海伦·凯勒说过的一段话：“人们经常发现，那些生活在黑暗和阴影里的人，对他们所从事的每一项事业，无

《冬夜说书人》内页

不感到甜蜜。然而，我们大多数人却把生命看得太平淡了。”

我清晰地记得，当村里的老老少少都拥挤在冬夜的小屋里听说书时，很多孩子都咧着缺了门牙的嘴巴，开心地大笑；乡亲们那一张张写满风雨沧桑的脸上，也难得露出了陶醉的笑容。我在故事里也记下了童年时代的一些真实和微妙的感受。比如，我是真心羡慕小光打鼓板的手艺，一旦被允许拿起鼓板，学着打鼓的时候，就认真地闭上眼睛，像一个小盲人那样煞有其事。我甚至一度非常非常想离开家，跟着这些说书人走，让小光教我说书。在这个时候，在我的心目中，好像失明也成了一种“本事”。

现在，老一辈的说书人都已经老去了。新一代的说书人还会有吗？即便还有，又将说给谁听呢？老一辈的听书人也渐渐老去了。新一代的听书人又在哪里呢？像我这个年龄的人，也许是故乡最后一茬在冬夜里听过说书的，也喜欢听说书的乡村孩子了。现在，连我们这一茬人也都快要老去了。

所以，我还想借这个故事，表达一点我对一些渐渐消逝或失传的乡村文明、乡村手艺人的惋惜和留恋。乡村说书人越来越少，甚至早已成为“绝唱”，怎能不可惜呢！

我深深感受到了生命中的相逢与别离带给人的思念与至痛，感受到了对走过自己生命的那些不同寻常的人的离去的惦念和无奈。我一遍遍地在心里想象，也好像在轻轻呼唤：“小光，你现在在哪里呢？你还在冬夜的山村里给乡亲们说书吗？”

《冬夜说书人》的绘画是由著名插画家王祖民和他的女儿王莺一起创作的。王祖民先生是一位十分专业和敬业的艺术家，他在谈到这本图画书的创作始末时，披露过这样的细节：

“这是发生在齐鲁大地上有关盲人艺人的故事。因我是南方人，对画发生在北方的故事还是有所顾虑的。……为了画好这本图画书，需要对山东地区的风景习俗有更多熟悉与了解，两位编辑不辞辛苦，陪我一起前往海岛和山区采风、写生，积累素材。我是苏州人，生长于南方的小桥流水人家，对山东的印象更多还是停留在山东人豪爽、讲义气、疾恶如仇等抽象概念上。等到细读了文本，才了解到这是一个温暖的故事。在20世纪50、60年代，乡村生活单调闭塞，一群盲人虽身有残疾，却不气馁，对生活充满了热情。他们自力更生，通过说书把快乐带给父老乡亲，尤其是孩子们，给那里的人们留下了美好的回忆。图画书界称此类作品为‘精神图画书’，最忌说教，要通过唯美的绘画手法，不着痕迹地将盲人艺人美好、善良、朴实的一面展现给当代儿童。我和编辑们探讨了几次，达成共识：虽然是描写残疾人，但温暖的感觉要贯穿始终，通过对环境、场景、器具、服饰等的细致描摹，来表现人物的美好心灵。故事发生的时间是冬天，北方的冬天多是萧索的，我思索之后决定用轻盈的水彩方式表现，整本书用暖褐色调，使严寒的冬天透露出暖意。”

确定了技法之后，画家先后去了齐鲁海岛、平原和山区，深入了解了农民的房屋、土炕、用具、服饰等，一点一点地找寻故事发生的那个年代的感觉。他从绘画的角度感受到强烈的视觉冲击。他写道：“冬天，树叶全掉光了，露出枝丫上的鸟窝。裸露的石块和山石是青白、黑棕、土黄等多色，刚刚翻开的田地土块是暖褐色的，各种果树的树干则是浓浓的黑褐色。远处成片的树林形成一片片漂亮的暖青灰色。再远处的山是极淡的暖青莲色，许多山上架了电力风车。我们到沂蒙山腹地几个叫‘楼子’的村子，房屋、田地、石桥全是山石砌成，矮围墙、磨盘、石阶给人以城堡的感觉，同去的画家和摄影师直呼其为‘中国的呼啸山庄’。”

王祖民还从绘画的角度，谈到另外一些细节发现：

“（那里的）山村大多是石头垒的房子，围墙刷了白色，乡亲们大多穿深色的棉衣、棉裤，一排人蹲在朝南的墙根下晒太阳，脸都晒成了古铜色。在暖褐色的大地上，在农田劳动的人中，有的妇女显得特别有色彩感，偶尔跳出的明朗活泼的鲜柠檬黄、鲜红的头巾，湖蓝色、翠绿色的衣服，点缀在这古老的山村里，从大片灰色里跳出来，非常显眼。我心里想，把《冬夜说书人》的故事安排在这种环境中是恰切的。行程虽然艰苦，但收获了如此丰富的素材，我心里对图画书表现的大致节奏、人物形象、画面布局就有了把握。”

实际上，他把这些观察、发现与感受都融进了这本图画书中，充分发挥了绘画者在一本图画书中再创造的潜质，也最大限度地拓展了画家再创造的空间，实现了图画书的文字与绘画所应达到的“1加1大于2”的艺术效果。

《远方》的故事背景也是在乡村。这个故事与《冬夜说书人》有点像“姊妹篇”。故乡的说书人远去了，很多孩子都跟着大人进入大大小小的城市生活去了，小山村变得越来越冷清了。一代代山村小孩的童年，正在经历和承受这种日薄西山般的失落、冷清，乃至消逝。

《远方》

徐鲁 / 著
须臾 / 绘
明天出版社
2018 年 2 月版



我试图在这个故事里，传达出在现代文明和快速的城市化进程中，一些小山村和山村孩子的越来越明显的疏离感、孤独感。因此，这个故事的整体调子有点淡淡的忧伤。就像《躲猫猫大王》的故事，小秋是我心目中的另一个“小勇”。

但是在小秋这个孩子身上，又能看到一颗向往远方、勇往直前的心。他梦想着摆脱眼前这种孤独、暗淡和冷清的生活，他梦想着自己也能像别的小伙伴一样，有自己新的生活和明天。所以，我希望这个故事能给人一种自立自强和追寻的力量。

如果故事仅仅表现小秋这一个孩子的形象，未免有点单调，因此我建议画家从一开始起，就在一群小伙伴里添加一个与小秋青梅竹马的小女孩的形象。她和小秋如影相随，虽然我的文字里一直没有写到她。

他们一起站在山巅，一起奔跑，一起爬到松树上遥望远方。小秋的妈妈去世了，小秋默坐在妈妈的坟前，那个小女孩一定也默默地站在不远处的小树后

《远方》内页

面，替小秋难过。当小秋下决心离开这个小村的时候，他也并不知道，那个小女孩也在悄悄为他哭泣，她默默地站在山坡上为他送行，泪水打湿了手中的蓝色手帕……

我想，这样的设置，也许能唤起人们对小山村青梅竹马的童年生活的留恋与怀念。

大树一棵棵地向后退去。小小少年怀着一颗无所畏惧的心，踏上了自己新的生活道路。那是一颗向往远方、勇往直前的心。那颗小小的心中，一定充满了自立自强和追寻梦想的力量。

所以，我在故事的最后，写了这样一个细节：安静地坐在车窗边，望着渐渐模糊的家乡，小秋好像是第一次露出了一丝笑容。他好像正默默地对世界和远方说："火车，火车，带着我去吧，不管你是往哪儿开……"

好了，亲爱的读者们，我的24堂原创图画书欣赏课，到此就暂时结束了。

再见，朋友们！时光的火车，也将载着我，载着我们每个人，向着明天和远方驶去。此刻，我想起土耳其诗人塔朗吉（Cahit Sitki Taranci）写的《火车》里的诗句："去吧，但愿每个人都一路平安，桥梁都坚固，隧道都光明。"

附录

# 中国原创图画书一席谈

**记者：近年来，图画书的创作和销售如火如荼，许多中国作家和画家纷纷加入这个行列。那么事实上，您觉得中国原创图画书在现阶段的发展是什么样的？**

徐鲁：近几年的原创图画书的确发展很快，不仅出版数量上有了飞速增长，关键是质量上也有大幅度提升。这一方面是因为很多优秀儿童文学作家和插画家自觉地转向图画书创作，同时也得力于一些出版社在原创图画书编辑出版上的投入与推动。有的出版社为了提升图画书的质量，会直接邀请作家和插画家去欧洲参加书展，分享和获取更多世界最新图画书的成果与经验。还有的出版社直接引进外国优秀的插画力量，让这些插画力量与中国原创图画书文本融合，形成一种中外原创力量的合流。所有这些努力，都为提升原创图画书的质量提供了十分有力的支持。

现阶段的原创图画书的总体质量，明显已经超越了十来年前、甚至五六年前“草创时期”“邯郸学步时期”的数量与质量。可以说是后来居上，最前沿、最优秀的那部分图画书原创作品，完全可以和世界优秀图画书并驾齐驱了。

优秀的原创图画书当然离不开优秀儿童文学作家的加入。有优质的文本，才会有优质的图画书。文学是灵魂，即使是无字图画书，图画里也不会缺少或诗意，或幽默，或引人深思的东西。这些都是看不见的、隐含的文学成分吧。

而且，特别值得肯定的是，原创图画书已经突破了原先在内容上多有模仿或跟风国外图画书，与欧美或日韩图画书在内容上常常同质化的瓶颈，而开始把真正的中国故事、中国情怀、中国文化元素，作为原创图画书的主要题材。讲好中国故事，融入中华民族的传统价值观和当下的核心价值观，图画书对此也开始有所担当、有所表现了。

**记者：中国的原创图画书尚在起步阶段，整体来说，与相对成熟的国外优秀作品相比，应该还有不小的差距。除了呼唤图画书的中国元素，您觉得我们与国外优秀图画书的最根本差距是在哪个方面？学界更应该呼唤原创作者在哪些方面增强原创力？**

徐鲁：差距肯定还是不小的。中国原创图画书与国外优秀图画书的差距，其实就是中国原创儿童文学与国外优秀儿童文学的差距。首先，儿童文学观、儿童教育观、对儿童人格与个性的认同程度和培养方式，作家们的情怀、创作智慧、艺术表现能力，甚至是母语文字运用水平，都存在着差距，这些差距也必然会制约原创图画书的创作高度和深度。这样的例子很多，但我一下子却举不出来，只能说整体的差距。其次，我们很少有成熟的画家能投入到图画书创作中来，例如朱成梁、吴儆芦那样的画家，还有像已经去世的杨永青先生那样的画家。现在很多画图画书的插画家是年轻人，有创作热情，但是艺术上、表现力上并不稳定；文字作者在如何讲好故事的能力上，有时也显得很弱。题材摆在大家面前，主题和理念人人心中都不会缺少，可是，怎么才能写得好、画得好，却永远是一个秘密。但愿有更多一流的作家、一流的画家投入到原创图画书上来。第三，无论是作家还是插画家，在创作一本图画书上所付出的时间，还是太少了。就是说，我们创作得还是太快了！这可能跟书的印数、作者的稿酬收入有关了。



**记者：图画书有着不同于一般文学文本的创作规律，它不是简单的图文结合，而是文本与图像之间产生奇妙的“化学反应”。中国文学的传统是强调文学性，所以我们也可以看到专家对图画书文学性的呼吁。图画书的文学性，与大众理解的文学性是否存在不同？在重视文学性之外，我们应该如何处理和看待图画书中图像与文字之间的张力？**

徐鲁：对这个问题，我的看法是，首先必须破除一种一直以来存在于图画书创作、研究和阅读推广等领域里的一种“图画书迷信”。有的图画书专家和阅读推广人，把图画书神秘化、神圣化，无限放大、过度解读它的功能与含量，甚至使用诸如“高贵”之类的字眼夸大和抬高图画书。其实，一本真正好的童书，并不会有高贵和卑贱之分。在国外，图画书只是童书中的一个类别而已，图画书大多也都是儿童的学龄前读物、家庭亲子读物，除非少数的“艺术图画书”，诸如一些获得凯迪克大奖的带有试验和探索性的小众图画书。诚然，图画书会有自己艺术创作上的标准和要求，无论是文字上、绘画上、故事叙述方式上，等等。但是哪一种童书又没有自己的标准和要求呢？至于图画书的节奏、张力、“文本与图像之间产生奇妙的‘化学反应’”，甚至各种细节里的机关设置，在一本图画书里也许会有，但是未必一定会有，也未必一定是那么神乎其神，没必要过于强调它们。一般的读者，包括家长和孩子，哪里会去在乎这些神秘得恐怕专家自己也未必能说得清楚的东西。把图画书无限神秘化、神圣化，只能使一般读者望而却步、读之无趣，最后图画书只成了少数人的“专利”了。

**记者：有专家认为，当下的图画书创作中存在儿童视角缺失、创作题材单一的问题。这种儿童视角的缺失体现在哪些方面？学者又可以提供哪些方面的建议，让创作者在这些方面进行弥补和改进？**



徐鲁：打破“图画书迷信”和崇拜，多阅读图画书并参与创作，见得多了，创作得多了，自然会分得清质量的高下，自然会具有艺术鉴赏力。我自己就有一个体会，我在海豚传媒工作时，经手和过眼的各个语种、各种风格的图画书，少说也有几千种吧。我每年都会去博洛尼亚、法兰克福书展上挑选图画书。“海豚绘本花园”都是引进版的图画书，经我审稿或润色过文字而出版的图画书有几百种。正因为有了这么多的阅读经验，所以图画书在我心里并不那么神秘。当然，这些过眼的图画书对我后来的创作也起到了潜移默化的作用。

**记者：您近期可有进行图画书创作、参与图画书出版策划的计划？**

徐鲁：我在中国原创图画书“草创时期”也不知道图画书怎么写，甚至有一套图画书，是出版社先有了图画，然后请我配写全套的散文文字。这显然并不符合图画书创作规律。可见那时候并不懂怎么创作图画书。邯郸学步嘛！结果这套图画书现在被有的家长买到了，无论是图画还是文字，都被“吐槽”。我非常理解，也就无话可说。本来就是“草创时期”摸着石头过河的产物嘛！后来又应一些出版社邀请，写了十来本图画书，包括那本已经被很多国家买去了版权的《爷爷的打火匣》。现在还有几种原创图画书正在绘画中。一是为明天出版社写了三本图画书《冬夜说书人》《远方》和《小船划过童年》。二是为中国少年儿童出版社创作了一本《红色油纸伞》，由俄罗斯“功勋画家”安娜斯塔西亚女士绘画，2018年意大利博洛尼亚书展上可与读者见面。

**节选自《文学报》(2017年6月2日)，有部分修改，原题为《原创图画书：发展的艺术瓶颈在哪里?》**